JN093408

ヤマケイ文庫

山の朝霧　里の湯煙

Ikeuchi Osamu　池内 紀

Yamakei Library

山の朝霧　里の湯煙　目次

天気がいいので

仙人志願

雲と口笛

枯木の白鳥

写真　新妻喜永
内田　修（高天原温泉）
佐藤秀明（夫神岳）
柳木昭信（阿寒岳）

天気がいいので

檜原村

天気がいいのでナップザックをもって家を出た。立川で乗り換え、五日市線に入ると、みるまに景色がひろがっていく。栗林が秋めいた色に変わっていた。トウモロコシのひげが風になびいている。カンナ、ひまわり。ニワトリのとさかのような赤い花がズラリと線路沿いに並んでいる。

檜原《ひのはら》村は奥多摩町とともに東京のいちばん西にある。都内で唯一の村で、ひところ「東京のスイス」などといった。どうして突如、スイスが出てくるのか不可解だが、名づけた人にはそれなりのイメージがあったのだろう。あまりうけなかったようで、そのうち消えてしまった。「ロマーンの里」ともいった。近隣はさておき、なぜ檜原村のみがロマーンに恵まれているのか不明だが、村当局にはしかるべき根拠があったのだろう。これもそのうち、いわなくなった。

現在は「緑と清流の里」である。これならウソいつわりないし、それにずっとわかりいい。バスは川沿いのうねうねした道を走っていくが、まわりは一面の緑だし、チラチラのぞく秋川はみるからに清流だ。正確には浅間《せんげん》尾根をはさんで北秋川と南秋川の二つが流れていて、村の中心である本宿で合わさる。そのメーンストリートを走り抜けて南へくだり、ついで再び西に転じた。バス停はつぎつぎにあらわれるが、ほとんどノンストップ。週日の朝十時すぎ、バスにゆられて奥へ向かう人もいないらしい。

温泉センター前でとび降りた。山の斜面を整地した小高いところに、白いコンクリートの函を並べたような建物が見える。檜原村温泉センター「数馬《かずま》の湯」といって、平成三（一九九一）年にみごと源泉を掘りあてた。三年後、建物にとりかかり、平成八年に完成。緑と清流にもう一つあたたかいのが加わった。別名「不老の湯」、あるいは「森林入浴」ともいうらしい。どうでもいいことながら、当今は何であれ意味づけて、名づけをしないではいられない。

そういえば、おなじみの♨マークだが、よく見ると縦の三本が葉の形をしていて、上は緑、下は赤色をしている。トチの木の葉をあらわしており、檜原村にはあちこちにトチの大木がある。かつてトチの実は保存食として重宝がられた。シンボルマークは亭々《ていてい》とそびえるトチの木の活力を示していて、マークの下には国際色ゆたかに〈Hinohara-Village-Onsen〉と横文字が入っている。もっとも、お湯に入るのにとりたてて意味づけはいらないので、日本色ゆたかに手拭いをのせた頭が湯煙のなかに浮いていた。

大風呂のまん中に無数の水泡が湧き立っている。手前がジャグジーで、奥はぬるめ。ボタンを押すと打たせ湯が落ちてくる。サウナがあって、その前は冷水泉、外の露天風呂は一名「五月雨《さみだれ》の湯」、上から一定の間をおいて五月雨のようにお湯が糸をひいて降ってくるからだ。人間はものを考え、ついては工夫をするイキモノであって、湯船一つにも特徴がいかんなく発揮されている。

わざわざ愛用の木桶をもってきたのだが、さすがにトチの木の里である。わが持ち物よりはるかに立派な桶がそなえてある。大きさ、色つやもグンとよくて、並べると歴然と見劣りがする。こちらは永らく使いこんだぶん、色も黒ずんできたならしい。こそこそと隅に隠して、まずは大風呂に入った。ついでジャグジー、さらに「圧注浴」とやらにつかった。そのあと落下してくる打たせの下に立ち、サウナで汗を流して冷水にとびこみ、最後に露天へころがり出た。人間はまた、何かあると、何がなんでもひととおり体験してみないといられないイキモノでもあるようだ。

入口正面の大広間は「森のホール」といって休憩室兼食堂で、右の高くなったところは昼寝用のコーナーだ。ごま塩頭に濡れタオルをのせた人が、シャツの前をはだけ、扇子であおぎながらビールを飲んでいた。実になんともうまそうだ。時計を見ると午前十一時。べつにこの時刻にビールを飲んではいけないわけのものでもないので、生ビールを注文。ごま塩頭の前のテーブルには刺身こんにゃくと冷やっこがのっている。こういうことはベテランの見本どおりにするのがいちばんなので、同じ品をあつらえ、ついでに手拭いを同じように頭にのっけた。湯あがりのビールは気が遠くなるほどうまいのだ。とりわけ昼前に飲むと別格の味わいがある。こんにゃくは土地のもので手づくり。豆腐も同様で、称して檜原豆腐。

いいときに上がってきたようで、しきりに玄関に足音がして奥の湯殿に流れていく。運営はきわめて順調、はじめの三カ月で、当初一年分に想定した客がきた。村が建物を建て、観光協会に委嘱した。そのせいかサービスがいい。ごま塩頭にいわせると、たしかにサービスはいいが、値段が八百円とはちと高い。タオルがつくが、週に何度もくる者にはムダである。村の人用に特別料金制はないのかとたずねると、そういうのはなくて、年に五枚、無料券が配られるだけだそうだ。

「コーヘー、ムヨクだな」

「……?」

刺身こんにゃくを食べながら考えたのだが、よそからくる人にも公平であり、かつは村の人間がいかに無欲かということらしい。檜原村には笛吹《うずしき》や人里《へんぼり》といった珍しい地名がちらばっている。縄文初期といわれる「中之平遺跡」があって、早くから人が住んでいた。途中にも道路ぎわに風雅な庚申塔や二十三夜塔や石仏を見かけた。花のお江戸なんぞよりも、ずっと古い歴史と由緒をもっている。

川をはさみ前方は笹尾根から三頭山《みとう》につづく山並みで、風があるらしく杉林がゆっくりと同じ角度でゆれている。吹き上げてくる川風がここちいい。街の人ごみのなかにいると、見なれたものしか見ないし、しなれたことしか、しないものだ。平地は人間を平均化する。おりおり凹凸のあるところに身を置くのはいいことだろう。五感がにわかにいきいきと活動をはじめる。

食堂が満員になりかけたので腰を上げた。数馬《かずま》地区のかぶと造りの家並みを見ながら歩いていると「龍神の滝」の標識が目についた。切れこんだ谷の向こうにまっ白なしぶきをあげて水が落下している。秋川の源流から山越えをすると大菩薩峠である。中里介山の小説の主人公は、よく滝をあびるが、多摩生まれの介山には、この辺りの滝がイメージの底にあったのかもしれない。払沢《ほっさわ》の滝、綾滝、天狗滝、九頭龍《くずりゅう》の滝、吉祥寺滝……。小さいのも数えると村には五十にあまる滝がある。

ふと遠いむかしのことを思い出した。高校二年の夏、リュック一つをかついで本州一周をした。たしか石川県の寺だったが、庭園の奥に小さな滝が落ちていた。シャワーのつもりでパンツ一枚になり水をあびていると、お参りにきたおばさん二人が足をとめた。「いまどき珍しい」「若いおひとが修行してなさる」。賞讃の声が耳にとどいた。ふとどき者の高校生は出るに出られず、やむなく修行僧が呪文を唱えるような手つきをして水のなかに立っていた。

自分に「少年」がよみがえる。あのとき全身を耳にして佇んでいた。いくぶんか聴覚もまたよみがえったようで、耳近くに滝の音がとどろくようにひびいていた。

カラスが鳴いている。木の影が濃い。カラスの鳴声が木霊《こだま》するのは、老いた杉やトチの大木がかさなり合っていて、それに両側の山が切り立ったような急勾配で壁状につづいているからだ。そのなかを木陰づたいに歩いていった。

戸口にみょうがの採りたてがザルに入れてあった。ふきの根っこが洗ったまま束ねてある。看板には「元祖山菜22種」。先ほど生ビールとこんにゃくをいただいたというのに、やたらに腹がすく。オゾンたっぷりの空気のせいらしい。それに時刻はちょうどお昼どき。

さすがに二十二種は敬遠して簡易十二種にした。アケビの油ミソ、ゼンマイ、ワラビのクキ、シイタケ、シメジ、シソのミ……。聞いたはしから忘れていく。せっかくだから、ほんの一本のつもりで地酒を注文。山女魚《ヤマメ》の活造り、川うなぎの三頭造りなどもある。よもぎをねりこんだのが名物よもぎそば。よほど創意工夫の好きな店とみえる。

むかしの大工が腕を振ったにちがいない重厚な木造三階建てで、まん中に仏壇が祀ってある。その前が二階に向かって一坪分ほど中空になっていて、ご先祖の肖像画が差し向かいにかけてあった。他家のご先祖様に見守られ、仏壇に向かって酒を飲むのは初めてだ。気のせいか身にしみて五体に効いてくる感じ。

多少とも落ちつかないので膳を移して柱によりかかった。大黒柱はトチの木、敷居はナシの木、小柱はクリの木だそうだ。たいていの人がよっかかるらしく、背中の分だけテカテカ光っている。ほかに客はいないせいで、エプロン姿のおばさんがいろいろ世話をやいてくださる。当家にも温泉があるとかで、しきりに入浴をすすめられた。

「北海道のフタマタなッよ」

「……?」

何度か訊き返してやっとわかったのだが、北海道の南部、長万部《おしやまんべ》にある二股温泉はラジウム含有量の豊富なことで知られている。そこから直送されてくるという。

「だからホンモノ、天然なのよネ」

またまた首をひねった。チラシにも堂々と「一〇〇%天然温浴剤〝湯の華及び原石〟使用・医薬部外品・48D第36号」とうたってある。効能は、あせも、しっしん、うちみ、冷え性。お店は創意工夫だけでなく、誠実さ、率直さでも群を抜いている。それにしても医薬部外品をきちんと標示している温泉も少ないのではなかろうか。

左かたの山の背に何の樹木か、大空に両手をひろげたような形をしている。てのひらに当るところに、鳥の巣があって、鷲ともトビともつかぬ黒い鳥がふいに飛び立った。神社の大杉にとまり、巣の方を見つめている。縁側に横になって、鳥とにらみ合うように目をやっていた。両眼に緑のサングラスをかけたようで、自分もまた大杉の上にとまっている。この世の一切を忘れ、一切から遊離して、全身が虚空に吸われていくぐあいだ。つまり、うとうと眠りこむ前のあの状態である。陽ざしはなお夏のけはいだが、縁側に吹いてくる風は秋の涼しさをもっていた。かすかに水音がひびいていた。

気がつくと、片手を枕にしてうたた寝をしていた。二時間ちかくの時がたっていた。下の手がしびれたのでノビをしていると、ポケットの何かが音をたてた。とり出してみると、四、五日前のコンサートの入場券だ。片側が切りとってある。かつらをつけたモーツァルトの肖像が極彩色で入っている。夢でコンサートを聴いていたようにも思ったが、単に水音がひびいていただけかもしれない。どこまでが夢で、どこからが目覚めに入っていたのかわからない。すべてが遠い日のことのようにも感じられる。

午後の陽ざしが西に傾いている。東京のスイスは日暮れが早い。二十六夜塔が山間に多いのは、帯のように細い空にかかった二十六夜の月が、なおのこと印象深く人々の目に映ったせいではあるまいか。少し手前の川っぷちに半欠けの石仏と並んで、海軍二等機関見習の墓があった。享年二十一。今朝切ってきたばかりのような花が前にそなえてある。

石段を登っていくと九頭龍神社とある。祭神は天手力男命《あめのたじからおのみこと》。よくはわからないが、全身これチカラ男といったような愛嬌のある名前である。かみ手の崖を滝が二度、三度折り曲がって落ちていて、九頭龍の滝とよばれているから、滝を祀ったものかもしれない。

境内の老杉に西陽が落ちていて、眩しい後光がさしたようだ。そういえば今日はもっぱら、上を見たり下を見下ろしたりしていた。からだは鳥のように飛べないにしても、目は垂直の散歩ができる。原理的には天空から地の底までも見つくしたことになる。活字や数字やテレビの画面などに酷使している目を、たまには気まぐれに散歩させてみるのもいい。畳の裏返しに似た目玉の裏返しである。

先日の北アルプスの山小屋で聞いた話だが、岩の峰に向かったまま消息を絶った人がいる。使いこんだリュックサックとストックをもっていた。髪は白かったが、ひきしまった胴をもち、足どりは軽かった。そして軽い足どりで谷一つ向こうの峰をめざして出ていった。

口笛が上手で、山小屋でひとり晩酌しながら、ヒュルヒュルと鳴らすことがあった。ニコニコしていたが、自分のことはほとんど何も語らなかった。山小屋の若者が霧の深い日に口笛を聞きつけて主人に注進した。すでに行方を絶ってひと月あまりたっている。主人はひげを撫でながら聞いていた。もう一度全員で手分けして探そうという声があがった。

「霧に口笛を聞かしてやっていたのだろう」

そんなことをいって主人はとめた。山彦と話を交しているほうが楽しいってもんだ。

「人間が恋しくなったらもどってくるサ」

数馬のバス停は折り返しになっていて、運転手が帽子をあみだにかぶり、足を投げ出して口笛をふいていた。声をかけると、あわてたようにはね起きた。定刻になっても乗客はひとり。若い運転手は釣りが好きで、つぎの休みにはハヤ釣りに行くといった。そういえば帽子をかぶり直し、真剣な目つきになった横顔がハヤに似ている。よく釣れた日は、まわりの山がやおら首をのばしてビクをのぞきこむそうだ。

♨**数馬の湯**　東京都西多摩郡檜原村　三頭山（一五三一メートル）を源流とする南秋川沿いにある日帰り温泉施設。五日市線武蔵五日市駅から西東京バス五十五分、温泉センター下車。泉質／泉温＝アルカリ性単純温泉／二十七度（加熱）。問合せは、檜原温泉センター数馬の湯☎〇四二－五九八－六七八九。

乾徳山

早春の山は乾徳山《けんとく》ときめている。足の便がいい。二千メートルと少しで、高さが手ごろなうえに、森から草地を抜けて岩にとりつく。変化があって飽きがこない。それにだいいち〈ケントク〉の名前が雄々しくていい。塩山の名刹・恵林《えりん》寺の山号で、寺のほぼ真北に位置している。いかにもお山を背負って修行しているような気がする。

それにしてはずぼらな修行者で、里宮を横目に、「登山道入口」の標識のあるところまでタクシーで駆けあがった。それからトコトコと歩きだした。杉林に入ったとたん、空気が冷々として、沢音がひびいてきた。足元に木洩れ陽が星のようにちらばっている。一度、林道を横切った。なおも沢づたいに登っていくと、またもや林道にいきついた。何のための道なのか、つくりっぱなしで使用した形跡がない。

シラカバに入ると、ところどころに根雪がのこっている。額に汗がふき出してきたので鳥打帽をバンダナと取り換えた。久し振りの山登りに、なまっていたからだがようやく目をさましたぐあいである。

銀晶水の水場から少し奥に入っていった。ひそかに見当をつけていたところである。雪消えの沢に水音が高まって、とともに期待で胸がふくらんでくる。はやる気持をおさえながら辺りを見まわすと、ポッとふくらんで、ほのかな緑をみせている。宝石を手にするように、まだごく小さいのを二つ三つ、つまみとった。フキのトウである。火にあぶってミソをつけると実にうまい。ザッと刻んでミソあえにしてトロ火にあぶると、即席のフキミソができる。酒のおともに絶妙だ。急に物欲がおこって、腰をかがめ、舐めるようにして沢づたいを見ていったが、欲ばりの目が大地をけがしたのか、歌うような水音がするばかり。

尾根にもどってしばらくいくと、やさしい肩のようなところに出た。「駒止」というのは、むかしは荷運びの馬がここまできたのだろうか。リュックサックを下ろして、ひと休みした。フキのトウが気になってならず、ナイロン袋からそっと一つを取り出して、ナイフでサクリと切った。しみるようなうす緑を口に入れると、ホ口苦い味が口中にひろがった。目の下は御坂《みさか》山塊、遠くはかすんでいて富士山は望めない。

リュックサックにもたれてボンヤリしていると、眠くなってきた。ガラスを切ったような青空から、やわらかな陽ざしが降ってくる。鼻がホコホコして、むずがゆい。ほんの数分、ウトウトしたらしい。鼻の上で小人がおどっているような感じである。目をあけると、すぐ横手にイタドリのような赤みがかったのが萌え出している。手で折って、皮を剝いで、そのままかじると、酸っぱい味がして意識がしゃんとした。

「イタドリはたしか〈虎杖〉と書く。どうして虎の杖なんて字をあてるのかな」

らちもないことを考えながら立ち上がった。

錦晶水にいく前に、さらに二度ばかり林道を横切った。まったく登山者をからかうためにつくられたとしか思えない。石地蔵を左に見て、やがてなだらかな草原に入る。雪が溶けだしていて、道が半分がた水につかっていた。カヤの中から、洗ったようにまっ白なシラカバがすっくとのびている。

雪が眩しいので、バンダナの上から鳥打帽をのせ、伏目がちにすすんでいった。

帽子がずり下がってきて鼻にかかる。さきほど夢に見た小人とそっくり。夢のなかでは男とも女ともつかず、羽根をもった天使とも、アブの変わりダネのようにも思えた。そんな想像がおもしろく、帽子をずらしたまま大股で歩いていると、ズブリとぬかるみに踏みこんだ。

急坂を登りつめて扇平に出た。右に雄大な稜線がのび、道満尾根へとつづいている。標高一七〇〇メートルあまり。さすがに風が強い。時計を見ると、十二時半をまわっている。お昼にすることにして、岩陰で火をおこした。風がこないぶん、陽ざしが遮られる。携帯コンロを抱くようにしてしゃがんでいると、上から声が降ってきて、とびあがるほどおどろいた。

親子三人づれ。いまもって私は、あのときの三人が不思議でならない。わけがわからない。父親はジャンパーに革靴で、手提げ袋のようなものを下げていた。かたわらに小学五年ぐらいと、やや年下の男の子。ともにマフラーを首に巻きつけ、足はズック靴。

声が風にあおられて聞きとれない。手まねで岩陰によびこんだ。

「バス停はどっちかネ?」

父親がまじめ顔で訊く。男の子二人も同じように真剣な顔でこちらを見ている。

「バス停……？」

「山を越すとバス停はあるかネ？」

「山を越える……？」

父親の指さした方角は、あきらかに乾徳山の山頂である。少し傾きかけた陽ざしをあびて、痩せ尾根につづく岩場が見える。

「バス停……？」

山中で聞くには、あまりに突飛な質問なので返答につまり、われ知らず同じことばをくり返した。　親子三人がいっせいにうなずいた。

向こうは奥秩父であって、山また山、とてもバスなど走っていないというと、父親は「やっぱしなァ」というなり、手提げ袋のチャックをあけた。

「ここでパン、食ってくか」

男の子二人がしゃがみこんでパンにかぶりついている間、私は湯をたして紅茶をつくった。聞いてみると、徳和《とくわ》のバスの終点に「乾徳山登山口」と書いてあったので登ってきたという。

「やっぱりあれが、そのナントカいう山かネ」

地図もなさそうなところをみると、フイと思い立ってきたのだろう。男の子はコッヘルでフーフーいいながら紅茶を飲んでいる。ほっぺたがまっ赤で、セーターの袖口から痩せた手首がのぞいている。日曜日でもないのに、どうして徳和の山奥へきたりしたのだろう？　いかなる事情があってのことか。どのような親子なのか……。不審でならないが、問うのははばかられたので、かわりにありったけの湯をたして父親にすすめると、申しわけなさそうに謝ってから、それでもさもうまそうに飲みほした。上はあの岩場だし、とても山頂はムリであって、来た道をもどり塩《えん》山《ざん》に出るのをすすめると、コックリうなずいて立ち上がった。つづいて何やら叫びながら三人一列になって急坂にとりつき、おどるようにして下っていく。

月見岩をすぎると、尾根がガクンと痩せて、岩場の急登になる。その手前に大小の足跡が乱れているところをみると、親子三人はここまで登り、往きくれて引き返したのだろう。もはや見える道理はないが、私は息をととのえながら、扇平のかなたに目をやった。

鉄梯子をよじのぼり、鎖につかまって天狗岩までできた。強風が吹き上げてくる。

塩山の町がクッキリと見える。背後に屏風のようにつらなるのが南アルプスだ。春三月、まだ深い雪をいただいて白皚々《はくがいがい》の世界である。この夏はどれに登るかなどと、熱い珈琲を飲みながら楽しい目勘定をしたいところだが、湯をつかいはたしている。

天狗岩をまわりかけて足をすべらせた。大岩のあいだの細い隙間に落ちかかり、両腕を突っぱって辛うじて墜落を免れた。

ひと呼吸おいてから山靴の先っぽでそっと岩肌をさぐり、突起をさぐりあて、慎重にからだを引きあげた。自分では冷静沈着のつもりだったが、岩の上に出たとたん、背中に冷汗がにじみ出ているのに気がついた。本能的なおびえとも武者ぶるいともつかないものに襲われて、全身がワナワナとふるえる。目まいのようなものを覚えて、しばらくのあいだ、腰を上げるのも怖ろしかった。

あらためて岩肌に目をやると、小雪が溶けて、それがガラス状に凍りついている。即座に山頂はあきらめて、下ることにした。私はさして頂きにこだわらない。あと一歩だとしても、これで十分、山のたのしみは尽くしている。かてて加えて、あの不思議な親子づれに出くわしたではないか。

扇平まで引き返し、幕岩の下を通って道満尾根を下っていった。ところによって膝までの雪に沈んだが、下るにつれて黒土が顔を出す。しも手に大平牧場を見やりながら道満山をすぎたころ、雲が出て陽ざしが消えた。とたんに世界が暗くなる。こころなしか山かげの雪が敵意をもっている。ころげるように下ってきて、徳和峠の手前で人家がのぞいた。なぜか涙がにじみ出てくる。マフラーの少年と、細い手首が目に浮かんだ。その手でコッヘルをかかえて紅茶をすすっていた。遊び人のオヤジが、急に思い立って学校を休ませ、つれてきたのだろうか。ショーガナイナアと思いながらも、子は親をいたわるものだ。さもうれしそうにつれだって、バスにゆられてきた——。

山の畑を抜けると、バス道に出た。斜面に点々と徳和の集落がちらばっている。このまま帰ってもいいが、川浦温泉で一泊していくのも悪くない。なにか気持が収まらない。さてどうしたものか、自分でも決めかねて、私は赤電話をさがしながらバス停の方角へノロノロと歩いていった。

▲乾徳山　山梨県山梨市　標高二〇三一メートル。乾徳山登山口バス停から四時間十分。二万五千分一地図「川浦」

♨川浦温泉　山梨県山梨市　笛吹川上流の三富温泉郷にある。信玄隠し湯の一つで、渓谷沿いの一軒宿。中央本線山梨市駅から山梨市民バス四十五分、川浦温泉前下車。泉質／泉温＝弱アルカリ性単純温泉／四十二度。宿＝山形館☎〇五五三－三九－二一一一。

白山

歩きだしたとたん、白い犬がついてきた。両耳が垂れていて、両の目も垂れぎみ、鼻先は淡い桃色、いかにも気の好さそうなやつである。かなりの坂道を先導するように、トコトコと走っていく。こちらの脚力を見すかしたように、おりおり振り向いて歩調をゆるめたりする。山にかかる手前で立ちどまり、首をかしげてながめている。

畑仕事の人に問い合せたところ、かまわずどんどん登っていけといわれた。谷にかかれば自分から引き返してくる。

「退屈しとるちゃ」

そのご当人が退屈なさっていたようで、ていよく引きとめられた。鋤《すき》によっかかって額の汗を拭うと、大きな音をたててハナをかんだ。こちらは歩きだしたばかりで額も鼻もかわいている。

どこに行くといわれたので、いちおう白山と答えると、「そりゃあムリだがや」と即座にいわれた。

「ええ……まあ……だから途中の行けるところまで……」

白山の登山路として市ノ瀬口や平瀬口はよく知られている。いっぽう中宮道はおそろしく長丁場だ。滝ヶ岳から間名古《まなこ》ノ頭を大まわりして、地図のコースタイムでも十六時間、こちらのノンビリ歩調では倍ちかくかかるだろう。しかもハイキングのような軽装ときている。

「中宮温泉から登る人はいませんか？」

「いねぇなァ。岩間からなら、まだ少しはいるだがや」

新岩間温泉から元湯経由で薬師山をこえていく。さらに西に楽々新道がひらかれて、文字どおり多少ラクになった。中宮道は人がこないので途中が荒れているかもしれない。山開きの前に手入れはしたのだが——と、その人は謝るようにいった。

要するに、こちらの酔狂なのだ。夏はいつも金沢にくる。七十をこえた義理の母親が一人住まいしていて、いわばその陣中見舞い。そのはずながら実態は、とんだ居候がとびこんできたぐあいで、大の男がセミしぐれの下で、のべつゴロリと横になっている。老いた母は三度三度の食事にも気をつかわなくてはならない。

そんな毎日が一週間もつづくと、さすがの居候も気がひける。山登りを口実に老母の骨休みを図ったわけだ。私鉄とバスで鶴来《つるぎ》から白山下、さらにバスを乗り継いで中宮温泉に一泊、宿の人に夕方もどってくるといいおいて、名うての長丁場にとりついたという次第。

山の鼻をまわって谷に入った。鉄を含んでいるのか川石が赤みをおびている。白い犬はあいかわらずついてくる。わざわざ大まわりして浅瀬をわたったところをみると、なじみのコースらしい。

繁みにかかったところで、やや躊躇した。垂れていた耳がこころもち立って、目もまたキッと前を見据えている。何やら警戒の面もちで、一瞬、全身を緊張させたかと思うと、クルリと身をひるがえし、一目散に来た道を走りだした。白いかたまりがひとっ跳びして浅瀬をこえると、そのまま対岸に消えた。

なるほど、道は荒れている。というより、左右から鬼アザミのようにトゲトゲのあるのが繁茂していて、道が見えない。頭を突き出し、帽子でトンネルを掘るようにして進んでいった。地図には「湯谷」につづいて「清浄坂」とある。本来は浄らかな坂であるが、頭でトンネルをうがつのであれば、みるまに汗がふき出してくる。

突然、頭上で「キャッ」とも「キェッ」ともつかぬ鋭い声を聞いた。あわてて立ちどまって耳をすましたが、辺りはしずまり返っていて、自分の荒い息が聞こえるばかり。気のせいと思い直して、ふたたび突進の姿勢をとったところ、目の上を茶褐色のものがすばやく跳んだ。ハッとしたとたんに全身が石のように硬直した。クマザサのなかで息をつめ、そっとまわりをうかがった。斜面一帯はシナノキやコブシなどの落葉樹で、大きな葉が重なり合っている。その暗い一角が風もないのにユラユラゆれている。胸の動悸をおさえて目をこらすと、やがてわかった。黒い枝に猿がとりついていて、ブランコをこぐようにはずみをつけている。あらためて気がついたのだが、右手の木の股に灰色の毛の大猿がすわり、キョトンとした目つきでこちらを見ている。

中宮温泉にくる途中のバス道に、「白山自然保護センター」の建物があったのを思い出した。野猿の餌づけがされている。スーパー林道の北側には「猿ヶ浄土」といった山がある。もともと猿たちの領分だった。その浄土に人間がずかずかと押し入ってきた。

清浄坂を登りつめると、よく踏みしめた山道になった。たとえ長丁場であれ、あるいはむしろ苦労の多い道だからこそ、かつての信仰登山者がしっかりと踏みしめていったのだろう。いかにも足がひらいたといった感じで、実に歩きいい。歩調が一定のリズムをとると、応じて心が歌いだすようで、雑念がきれいさっぱり消えていく。そんなところから「清浄坂」の名がついたのかもしれない。

木漏れ陽の射し落ちた赤土の上に、紐が一本落ちていた。紫と黄色のスジが入っていて、絵のように美しい。かつての信仰者にゆかりの品なのかもしれないと思って手をのばしかけたら、紐がスルスルと動きだした。やわらかい曲線をつくって赤土の上をゆっくりすべっていく。しばらくボンヤリしていた。「蛇!」と意識したとたん、からだが身構えた。美しい紐はちょっと首をもたげ、こちらの様子をうかがうように停止した。それからゆるゆると下の草むらに這いこんでいく。

ハクサンイチゲをはじめとして、この山には「ハクサン」の名を冠した植物が三十種ちかくある。ハクサンボウフウ、ハクサンフウロといったぐあいだ。白山は一つの山ではなく、巨大な峯々のつらなりで、雪渓や雪田がよく発達しており、夏には雨も多く、植物の成育に適している。とすれば、いろいろな生きものがいてもふしぎではない。蛇にしても、いつもの木漏れ陽の下で、いつもの昼寝をしていただけかもしれない。そこへ無粋な闖入者がやってきて安眠を乱した。

犬に猿、先ほど繁みから飛び立ったのがキジだとなると、知恵の象徴である蛇のおまけまでついて、桃太郎のお伴がそろったぐあいだ。気がつくと、すでに二時間あまり歩いていた。地図には、「温泉山」とある。湯煙りこそ立たないにせよ、名前からして福々しい。私は鬼退治をしたあとの日本一の桃太郎のように、木のコブにどっかと腰を下ろして、そしてお昼にした。キビ団子ならぬ中宮温泉謹製のおむすび三つ。

両側がガクンと下がっていく。谷底が中ノ川だ。中ノ川と湯谷の合流点を一キロばかりさかのぼると、大規模な噴泉塔にいきつく。二群にわかれていて、それぞれ数十カ所から滝のように湯を噴き出している。そのいくつかは石灰華の塔をつくっている。その噴泉塔群を抱えこむかたちをしているので温泉山の名がついたのだろう。

腹がふくれると、急速に意欲が萎えるものだ。元来が「行けるところまで」といったいいかげんな目標であって、どこまで行かなくてはならないわけのものでもなく、どこで切り上げてもいい。それに、つい昨日までの時間帯でいうと、ゴロリと横になっている頃合なので、やにわに眠気に襲われた。北陸の夏は、すでに半ばがた秋である。正午をすぎたばかりなのに、陽ははやくも大きく西に傾いている。うっかり寝こむと、深い山中に往き昏《く》れかねない。ウトウトしかかるのを振り払うようにして立ち上がった。そして回れ右をして、来た道をトットと引き返した。

清浄坂を下りながら注意して見わたすと、目の下の繁みのなかに猿の群れが二ついる。それぞれボス猿に統轄されているらしく、あきらかに別個の集団というかたちをとっていた。登るときにひらいたトンネルに突入。クマザサの切れ目にとび出すと、赤茶けた毛の大猿が木の股にすわって、丸くふくらんだ腹を撫ぜている。もしかすると雌猿で、身ごもっているのかもしれない。いかにもはしっこそうな若い猿が、大きな手で細木につかまり、アカンベーをするように歯をむいてみせた。

上手の大木にいるのがボス猿のようだった。灰褐色の毛に朱をそそいだような赤い顔で、いかにもボスらしくあぐらをくんで、悠々とタバコをふかしているような手つきをしている。

上に気をとられていて、手が何やらヌルリとするものをつかんだ。われ知らずとび上がった。足元にイモリが赤い腹をみせてもがいている。日本一の桃太郎はいっぺんにおじけづいて脱兎のように走りくだり、全身にトゲトゲをいただいたまま湯谷の川原にころげ出た。

中宮温泉は、以前は板屋根に石を並べた湯治宿が一軒きりだったそうだが、現在は四軒が山の背に寄り添うようにして並んでいる。炭酸塩類泉で六十度、とくに胃腸病に効く。

イワナの塩焼きをいただきながら、何くわぬ顔で余裕たっぷりに蛇と出会った話をした。

「白山の蛇はきれいですネ」

首に巻きつければ、シャレたネクタイになるだろう。

宿の人から聞いてはじめて知ったのだが、山頂の御前峰近くに「千蛇ヶ池」という池がある。むかし、お山を開いた泰澄大師が山中で毒蛇に出会った。法力をもって千匹の蛇を捕え、万年雪を蓋にして、この池に閉じこめた。

「千蛇ヶ池から逃げだしてきたやつかもしれんちゃ」

塩焼きがのどにつかえた。

イモリで総毛立ち、無我夢中で湯谷にころげ出たことは話さなかった。

▲白山　石川県白山市・岐阜県大野郡白川村　標高二七〇二・一メートル。中宮温泉からはゴマ平避難小屋を経て十五時間四十分。最短コースは別当出合から砂防新道経由五時間。二万五千分一地図「白山」

♨中宮温泉　石川県白山市　白山スーパー林道中宮料金所近くに湧く。奈良時代開湯と伝わる歴史ある温泉。現在は二軒の宿がある（冬季休業）。金沢駅から加賀白山バス一時間二十分、または北陸鉄道鶴来駅から加賀白山バス三十五分で瀬女下車。瀬女から白山市コミュニティバス三十八分、中宮温泉下車。泉質／泉温＝ナトリウム・塩化物・炭酸水素塩泉／六十八度。問合せは、白山市観光連盟☎〇七六－二五九－五八九三。

大峰山

近鉄の下市口からバスで洞川《どろがわ》へ向かった。昔から大峰山への登山口として知られている。もの寂しい山里を予想してきたのに観光バスが数珠つなぎになって、旅館の並びに人があふれている。いで立ちが異様である。全員白装束に黒い腰帯をつけ、足は白足袋にわらじばき。角の土産物屋のおやじにたずねると、何年に一度の大祭で全国の行者さんと信者さんがやってきた。

「あした、行《ぎょう》がありまんねで」

そのためここ数日、「山上さん」は満員だ。地元の人は蔵王権現の祀られている山上ケ岳をこんなふうにいうらしい。

「弱ったなァ」

風の便りに洞川にも温泉が出たと聞いていた。もっけの幸いである。お山の宿坊だけではつまらない。お湯で体を洗いきよめ、かつまた山上の有名な「西の覗き」や「蟻の戸渡り」で心をきたえよう——。

にわか行者の身勝手な欲心を権現さまが憎んだのかもしれない。山のどの宿坊も講中の人で一杯とのこと。そういえば旅館の玄関ごとに「大峰講」と染めぬいた旗が掲げてある。店のおやじのすすめによると、山上さんは諦めて天川《てんかわ》から弥山《みせん》に登る方がよくはないか。

「……あれもリッパな大峰サンやさかいに」

しばらく考えてわかったが、山上ヶ岳の別名が大峰で、狭義にはこれが大峰山だが、雄大な山系全体も大峰山であって、打ちつづく峰々のどれであれ大峰登山にかわりはない。

なるほど、いいことを教わった。親切なおやじは天川の町に懇意の民宿があるといって、わざわざ電話をしてくれた。

「ほなら、はよ急ぎなはれ」

せき立てられるままにリュックサックをゆすりあげ、Uターンしかけたバスをめざして駆け出した。芭蕉が大峰詣を詠んでいる。

「峰入りや一里おくるる小山伏」

経庫《きようぐら》を背負って走っていく小山伏といったところである。

大和の大峰山については深田久弥の『日本百名山』でも、記述の半分以上が由緒来歴に費やされていて、このお山の古さがわかる。開山は役《えん》ノ小角《おづぬ》と伝わり、斉明朝の元年（六五五年）というから気が遠くなるほど大昔から人々が登ってきた。南北にのびた巨大な脊梁であって、ピークや峠が三十あまり。熊野まで入れて数えていくと、七十余峰に及ぶという。古書によれば、「山嶺の高峻、坂路の嶮難、桟を渡り、雲を踏んで行く。御山《みせん》、釈迦岳、大日岳、土室などを経て玉置山に至る。これら峰中という。」

現在の弥山は、かつては「御山」と書いたようだ。

山名もいいが里の名前がとびきりいい。奈良県吉野郡天川村。流れる川が天ノ川。聖なるお山の山上ヶ岳に発して南西に流れ下り、はては十津川にそそぐ。風流な名が都の歌びとの想像力を刺激したのだろう、古歌に「あまのかわ」とうたわれてきた。もっとも、土地の人の言い方はいたって散文的で「てんのォがわ」だ。

翌朝、民宿の車で弥山登山口の川合まで送ってもらった。天川集落のかみ手で川が分かれて、そこからは川迫《こうぜ》川である。その川沿いをさかのぼっていく。おそるおそる「蟻の戸渡り」や「胎内くぐり」のことをたずねると、いわれているほどの難所ではないそうだ。山伏は一名ホラ伏ともいって、信者にことさら恐怖心をうえつけ、大峰参りのありがたさをふきこんだ。大峰の話山伏ホラを吹き――。

「そないな発句がありますなァ」

山伏をからかった川柳のようだった。

登山道はしっかりしているが、樹々の繁みがものすごい。枝葉はかさなり合って、緑というよりも黒にちかい。頭上を覆いつくして暗いトンネルを行くかのようだ。大峰山から東の大杉谷一帯は、わが国にあって降雨量が並外れて多い。何かで数字を見たことがあるが、単位がふたケタちがっていると思うほどの量だった。その水が樹木やヤブを養って黒いトンネルをつくってきた。この何日来、雨がなかったはずなのに足元がじっとりしている。どこかでたえず水音がする。

息が上がりかけたころ渓流のそばにとび出した。雨の日はドッと水が走るのだろう。大きな岩がゴロゴロしていて、白骨化した枯れ木がもつれ合っている。目の上はかぶさるような急斜面で、ふり仰いだだけでへこたれそうになる。冷たい水で顔を洗ってひと息いれた。

幼いころ私たちは白装束の人を「まじないや」とよんでいた。神社の境内に杉の葉のこしらえ物をつくって、その前でまじないを唱える。白木に半紙を折ったものをはさみこみ、何やら唱えながらそれを勢いよく左右に打ち振った。そのたびに「シャッシャッ」と空気を切るような音がした。まじないの途中で、「オッ」とも「ウッ」ともつかぬ声をだし、さらに「ヤッー」と掛け声をかける。そのたびに顔から首すじがまっ赤になった。つくり物に火をつけるとメラメラと燃え上がり、白装束そのものが朱に染まった。

子供ごころにありがたいようでもあれば、不気味で怖ろしくもあり、白装束の人が、この世の人でないような気がした。何日かして暦をもってまわってきた。そのときはもうふつうの服で、この世でない人が、ただの大人に零落したように思えたものだ。

渓流の岩に腰をのせて、そんなことを思い出していた。流れてきた落ち葉が層をつくって水をせきとめている。小さく開いた口から地の底をえぐるような音をたてて水流が落ちていく。みるまに汗がひいて寒気を覚えた。あわててヤッケをひっかぶって目の上の急斜面にとりついた。

弥山を囲むようにして行者還岳《ぎょうじゃがえり》、七面山、頂仙岳、観音峰、大普賢岳などがつらなっている。その名前からも行者道としてひらかれたことがみてとれる。しかし、信仰の記念物が集中しているのは山上ヶ岳だけで、南の峰々にはとりたててその種のものはない。ただ踏み道が、黒く、深く刻《こく》された感じで、いかにも永い歳月にわたって無数の足がこの上を通ってきた。土がなくなって地中の石が剝き出しになっている。そこに落ち葉がはりついて、つま先に力を入れると、ツルリと小さくすべったりする。

「吉野なる深山の奥の隠れ堂……」

民宿の玄関にそんな文字額が掲げてあった。隠れ堂とは山上の六角堂のことで、まっ暗なお堂の中を、堂守りに手をひかれて一巡する。そのときに唱える歌だそうだ。「ありがたや、西の覗きでざんげして……」というのもあった。「鍵掛け」「油こぼし」「西の覗き」といった行場で先達の声に合わせて唱和する。修行者は多少とも芸能を折り込んで、大峰修行のたのしみを工夫していったのだろう。

植生が急に変わってハイマツがあらわれた。まわりの木の背丈が低くなったぶん、にわかに視界がひらけて空が広い。眼下に大きなV字谷がのぞいている。どこまでも山また山で、なだれ落ちるような稜線が美しい幾何模様をつくっている。冷気がこもっていて、吐く息が白い。コブ状に突き出たところに立って、息をととのえた。白い息が流れて、ざんげの吐息のように見えなくもない。

「ありがたや、西の覗きでざんげして……」

吹き上げてくる風が唱和してくれる。手袋をつけたまま猿飛佐助が忍術を使うような手つきをしてみたが、なぜかピッタリ決まったような気がした。もともと忍術使いといわれた者たちは行者上がりだったのだろう。山に入って行をかさね、人の何倍かに勝る特異な能力を身につけた。絶壁から身をおどらせることができる。腹這いで虫のように進むことも、垂直の木にのぼるのも、枝から枝へ猿のようにとぶのもへっちゃら。何分間も息をとめていられる。

「チチンプイプイ――」

私たちはそんなふうにからかいまじりのまねをしたが、行者のまじないが忍法の呪文の元祖にちがいない。経を唱えて精神を統一する。気がつくと足元からモクモクと霧が巻き上がっていた。猿飛佐助が呪文で雲をよび出して姿を消すのとそっくりである。

道がゆるやかになって、辺り一面にガスが立ちこめている。その中から槍のように尖った枯れ木の先端がのぞいている。えぐれたところに水がたまっているのは、山上にしぐれが見舞ったのだろう。ハイマツにずらりとしずくがたまり、幻妙な珠のようにつらなっている。

「弥山山の家」の標識を目にしたとたん、急に人が恋しくなった。枯れ木ごしにうすぼんやりと屋根の形が見えた。煙突から煙が立ちのぼっているのは、あたたかい火が用意されているからだ。弥山から大峰、南から北の道筋を順峰といい、逆のコースは逆峰というらしい。人恋しいにわか行者には順も逆もない。足元の水たまりを蹴ちらしながらガスの中の屋根をめざした。小道がへんにねじくれていて、なかなか近づけない。小さくひと曲がりした拍子に屋根も煙もかき消えた。忍法の奥の手をくらったぐあいだ。まるでまぬけな追っ手のように目をパチクリさせて、しばらく霧のなかに突っ立っていた。

▲山上ヶ岳　奈良県吉野郡天川村　標高一七一九メートル。洞川温泉バス停から四時間。二万五千分一地図「洞川」「弥山」

▲弥山　奈良県吉野郡天川村　標高一八九五メートル。天川川合バス停から川合道は登り六時間。二万五千分一地図「弥山」

♨洞川温泉　奈良県吉野郡天川村　大峰山登山口、標高八二〇メートルに湧く温泉。旅館十五軒に配湯。村営洞川温泉センターあり。近鉄大阪線下市口駅から奈良交通バス一時間十分、洞川温泉下車。泉質／泉温＝弱アルカリ性単純温泉／二十六度（加熱）。問合せは、天川村役場☎〇七四七－六三－〇三二一へ。

二十六夜山

甲州秋山村に二十六夜山という美しい名前の山がある。山頂に近い尾根筋に丸い大きな石が据えられていて、雄渾な文字で「廿六夜」と刻まれている。明治二十三（一八九〇）年の建立。すぐしも手の峠を三日月峠といい、さらに下がると明星平、山ひとつ越えたところの沢のひとつが月夜根沢。

「月待ち」のお山だったにちがいない。平安時代に始まったといわれるが、旧正月と七月二十六日の夜半、月の出を待ってこれを拝むと幸運に恵まれる。甲州は山深い。とりわけ秋山村一帯はまったくの山中で、谷あいや沢沿いに集落が散らばっている。人々は月の出を拝むため千メートルに近いお山の肩へと登っていった。

ものの本によると、月待ちの宵には家の軒に定紋入りの提灯がともされた。この日、暗くなると、かたばみや、違い葵や、三つ星や、くるす紋といった不思議な紋章が、黄色い明かりを受けて点々と浮いていた。線香も点したようで、そのため土地によっては線香祭ともいった。月を待つあいだ、子供たちが手の線香をくるくるまわしたりする。だからあちこちに赤い小さな円ができた。

秋山村は相模湖の西かたにあって、谷底を秋山川が流れている。西側から山が迫っていて、どこに立っても細い帯のような空しか見えない。そんな地形が、とりわけ月を恋しく思わせたのだろう。川に沿った浜沢や尾崎や富岡といった集落ごとに古びた二十六夜塔が立っている。

都心まで車で約二時間。ただこれだけの時間が現代人には途方もない距離をつくる。甲州秋山は「遠い所」であって、年々過疎が進んでいる。それでも学校のある浜沢までくると、マイクの声がして行進曲がきこえたりする。きっと昔は、この辺りが山に上がるときの入口だったのだろう。少し登ったところに舟形をした平べったい岩場があって、ひと息つくのにちょうどいい。足下に村が見えて、ひろびろとした空が広がっている。足弱な老人たちは、ここで月待ちをしたのではなかろうか。

こんな山が私は好きだ。朝、家を出ると、昼過ぎには山頂にいる。おにぎりを食べると、あとは何もすることがない。木陰にリュックを置き、そこに背中をあてがって昼寝をする。帽子を顔にのせると、しみついた汗の匂いがくすぐったい。使い古しのハンチングに小さな穴があいていて、星のように見える。昼間の豪勢な月待ちだ。そのうちウトウトと寝てしまう。

▲二十六夜山（秋山二十六夜山） 現在は山梨県上野原市　標高九七一・七メートル。浜沢バス停から三日月峠を経て一時間五十分。二万五千分一地図「大室山」

道志村

丹沢山塊のうちでも北のはしの大群山《おおむれ》と加入道山《かにゅうどう》は、図体がグンと大きい。北側が急角度で落ちこんでいて、山裾をうかがうように川が流れている。この川に沿って道志七里とよばれる細長い村がある。毎年、冬になると、そこの鉱泉宿へ出かけていく。建物はオンボロ、部屋はひえびえしていて、コタツに入ってもなお寒い。

じいさん手製の岩風呂は、お世辞にも立派とはいいにくい。そんなところだが、雪が降ったと聞くと、やもたてもたまらない。

「おや、ひさしぶりだネ」

小柄なおかみさんは二十年前からちっとも変わらない。あいかわらずおかっぱ頭で、若い娘のようだ。靴をぬぎながら、玄関にチラリと目をやる。特製の長靴と黒光りする猟銃がなければ、おやじは山だ。

「熊かい、それとも鹿かナ」

「両方と」

「欲ばりめ」

そういえばバスを降りて、橋の上から川筋を眺めていたとき、犬のなき声を聞いた。山里は日暮れとともに音もなく霧が這い上がってくる。宿の玄関に赤い灯が一つともっていて、夜霧の中に黒い漁船が浮いているように見えた。

ひと風呂あびてストーブにあたっていると、玄関にノッソリと黒い影があらわれた。あとの手順はいつも同じ。全身の雪と土を払い落とすと、裏手の桶の水で顔を洗う。それから無精ひげを撫でながらストーブのわきへやってくる。

しばらくは知らんぷりしてタバコをふかしている。口がほぐれると猟の話をしてくれる。三年このかた追っかけていた熊をしとめたときは、肝をフライパンで炒《い》って食べさせてくれた。崖のところまで追いつめて、ほんの十メートルばかりのへだたりでにらみ合ったそうだ。

「どっちも意地っぱりだでな」

「どっちもというと?」

「そりゃ、オレっちと熊よ」

ボクサーが息をひそめて殴りかかる、そんな感じ。一瞬おくれても、おくれた方が負け。クロがくらいつく。甲斐犬はこんなとき、なおのこと勇み立つ。

いったい、どれほどにらみ合っていただろう。生涯の長さにも思えたそうだ。

「底知れないやつよ」

おやじは英雄の熊をそんなふうに形容した。

夜は囲炉裏の火でヤマメを焼きながら酒を飲む。東京の大資本が村にゴルフ場を計画したとき、じいさんは反対の急先鋒になった。泊り客があると、夜ごと食事の席で演説した。すっかり演説が上手になったころ、バブルがはじけて計画はとりやめ。いまは元どおり、背中をまるめて竹細工を作っている。囲炉裏ばたの一升瓶が空になると、フラつく足で二階にあがり、そのままコタツにもぐりこんで寝てしまう。

夜が明けると、南の斜面からゆっくり陽ざしが下りてくる。神社の老杉に鷲か何かが棲みついていて、何げなく見上げていると、大きな羽音をのこして飛び立った。

ひとまわりして帰ってくると、おかみさんが桶の水をコップにくんでくれる。これに輪切りのレモンを浮かべる。天然のレモンスカッシュだ。氷のような山の水からスッパイような匂いが立ちのぼる。

「西洋ではレモンのような女というと、冷たい女のことなんですよ」

どうして、と問われたので、たぶんレモンを妬んで、そんなふうにいうのだろうと私は答えた。

♨**道志温泉**　山梨県南都留郡道志村　道志渓谷に湧く山間の静かな温泉。富士急行都留市駅から富士急山梨バス五十分、和出村下車。泉質／泉温＝酸性緑礬泉／十二度（加熱）。宿＝日野出屋☎〇五五四－五二－二六四一。
♨**道志の湯**　山梨県南都留郡道志村　加入道山登山口近くに平成三年掘削。日帰り入浴施設がある。都留市駅からバス五十分、和出村下車後徒歩十五分。泉質／泉温＝芒硝石膏泉／十八度（加熱）。問合せは、道志の湯☎〇五五四－五二－二三八四。

仙人志願

秋田駒ヶ岳

秋田へ行って、秋田駒に登りたいと思った。その山ふところには点々と、鶴ノ湯、蟹場、孫六、黒湯などの温泉がある。なろうことなら全部つかってこよう。秋田とくればキリタンポやショッツルだが、酒づくりでも知られている。うんとお酒を飲んで、ご馳走を食べてこよう。急ぎの仕事をかかえているが、二泊三日の夜をあてればなんとかなる。

天を怖れぬ欲ばりな計画である。そんな強欲がいけなかったのか、出発の朝はシトシトと雨が降っていた。着くころはあがるだろうと期待したが、逆にますますひどくなっていく。乳頭《にゅうとう》温泉郷のほぼ真ん中にある国民休暇村に着いたときはザンザン降り。

ロビーで珈琲《コーヒー》を飲んでから立ち上がった。まわりの湯を全部まわろうというのだから、のんびりしていられない。誰にたのまれたわけでもないが、自分が立てた悲願は果たさなくてはならぬ。暗い空をながめてから、タオルを頭に雨の道路へとび出した。

乳頭山は火山活動でできた。名前からもわかるとおり、山頂が娘の乳房のように盛り上がっている。秋田駒の女岳《めだけ》は、いまでも水蒸気をふきあげている。ここには地下に巨大な火のかたまりがある。おのずから地上に湯があふれ出る。

「湯つぼが六つあって、それぞれ泉質がちがいます」

鶴ノ湯のご主人はまだ若い。長屋門のある古い湯宿を守りつつ、新しい試みにも意欲的だ。

「どこから入りますか？」

白湯、黒湯、中の湯といった名前がついている。

「全部入ります、全部――」

悲願のセンセーは雨の中でそそくさと服をぬいだ。

露天風呂は白濁していて、ミルクの中に首が浮いているように見える。雨つぶが額にあたって、筋を引いて垂れていく。からだはやわらかいミルクの服を着ているぐあいで、下半身があったかいような、すずしいような、くすぐったいような妙な気分だ。

「シアワセだなァ……」

加山雄三の歌が思い浮かんだ。春めいた風にあおられて、霧がななめに流れていく。

「東風《こち》吹かば匂いおこせよ梅の花……」

人間の記憶というのは不思議なもので、加山雄三にかわって、突然、菅原道真の古歌が頭をかすめた。お湯の中で脳がふやけたのか。それともやんわりとあたためられたおかげで、連想力が通常の何倍にも高まったのだろうか。とにかく湯につかっていると、いろんなことを考えるものである。記録によると、寛永十五（一六三八）年、秋田藩主佐竹義隆が湯治に来ているが、殿さまもまた湯のなかにいたとき、あらぬことを思い出していたのではあるまいか。

子宝の湯はかかわりがないので割愛して、白・黒・中・滝の四湯を制覇した。

「もうひとっぱしり、蟹場にまわります」

「なかなかヤルですなァ」

鶴ノ湯主人が感服している。あるいはあきれただけかもしれない。

暗くなりかけたころ、休暇村にもどってきて、部屋にいきかけたとき、壁の貼り紙に目がとまった。キリタンポ鍋を予約しておいたのだが、特別メニュー「春の味覚まつり」というのがある。かじか唐揚げ、サワラ竹皮煮、椎茸ウニ染め、といったところが前菜、刺身は岩魚、虹ます、口代わりがアボガド、笹餅、冷し物がジュンサイ、海月《くらげ》、トコロ天……。腕組みして考えていると、うしろから声がかかって、予約をとり替えることもできるという。

「しかしなァ……やっぱり本場のキリタンポにしておくかなァ……」

なまじ選択の余地があると、悩みが深い。

「おっ、岩魚活造りなんてのもあるゾ！」

もっとも、いざ食事となったところ、旅疲れに湯疲れがかさなって鍋の半分もいかないうちに急激に眠くなり、ビール二本で這うようにして部屋へもどった。大欲は無欲に似たりというが、まったくである。かかえてきた仕事のことがチラリと頭をかすめたが、明日という日がないではないと自分にいいきかせ、そのままグッスリ寝てしまった。

秋田駒には駒ヶ岳という山頂はなく、女目岳《おなめ》、男岳《お》、女岳などを総称して「駒ヶ岳」というらしい。消えのこった雪が馬のかたちをしているのでこの名がついた、というのが定説だが、アイヌ語の「コマケヌプリ（塊の山）」からきたという説もある。雄大に盛り上がった山塊の感じからしてアイヌ語源説のほうに納得がいく。

八合目の登山口から登りはじめた。ダケカンバやミヤマハンノキの低木林で、空が高い。強欲がまだたたっているのか、どんよりとした曇り空。緑一色のなかに、荒涼とした禿げ山がまじっている。硫黄鉱山跡だそうだ。戦後のひところまで、せっせと掘っていたが、やがて採算が合わないので捨てられた。酸性が強烈で草一本はえない。よく見ると足元に硫黄粒がちらばっている。

シャクナゲが淡い虹の花を咲かせている。ニッコウキスゲがひらきはじめた。ハクサンチドリ、キバナノコマノツメ、エゾツツジ。秋田駒は全山がお花畑のように花が多い。

「まァー、ステキ！」

「きれいねェ」

「きれいだワァ」

「ほんと、きれい」

「ウァー、きれい！」

ご婦人がたが嘆声をあげている。誰もがひとこと口にしないではいられないらしい。それは、まあ、いいのだが、全員が立ちどまりコースをふさいでいるので、十人ばかりの列ができた。山好きは心がひろく高潔な人ばかりだから、黙って彼女たちの自覚を待っている。

駒ヶ岳は、はじめは円錐形の成層火山だったのが、噴火や陥没で、いま見るようなカルデラ状になったそうだ。女目岳と男岳にはさまれて、阿弥陀池がひろがっている。トレパン姿の中学生の団体が先生の説明を聞いている。中学生は「ステキ」とも「きれい」とも、なんともいわない。ただ黙っている。黙々とエビセンを食べている。

女目岳の山頂に出たとき、ほんのしばらくだが雲が切れて青空がのぞいた。春の山に特有の薄緑が、微妙な帯をつくって山麓を取り巻いている。その上を淡いエメラルドグリーンが夢の烟のように覆いはじめている。火山礫の山でありながら全山に湿った感じがあるのは、冬の豪雪のせいだろう。阿弥陀池の東側に残雪が大雪田をつくっている。

女目岳を下り、大雪田をまわって横岳に出かかったとき、うしろからトレパンの男の子がやってきた。痩せ尾根にとりつき、ハアハアいいながら駆けのぼって、たちまち姿が見えなくなった。いったい何があったのか、思いつめた顔をしていた。

中学生は、おばさんたちのように道をふさいだりしないが、しかし往々にしておばさん以上に気まぐれである。八合目に下りてくると、その男子生徒は団体バスのタラップに腰かけて、ひとりマンガ雑誌に読み耽っていた。

黒湯によって湯滝に打たれてから、しばらく、カヤ葺き屋根の下の縁側でシャツのまますわっていた。全身にここちよい疲労があった。足元を雪解けの水が音をたてて流れていく。水滴が散って、キラキラと光っている。乳頭山へ続く斜面は、薄緑の波のひろがり。こんなときである、自分が何億本とある草木の一つであるような気がするのは。とすると目の前の風景は、まさしく私の心である。

▲秋田駒ヶ岳　秋田県仙北市　標高一六三七・一メートル（女目岳、地形図では男女岳）。駒ヶ岳八合目バス停から阿弥陀池を経て男女岳まで一時間三十分。二万五千分一地図「秋田駒ヶ岳」

♨乳頭温泉郷　秋田県仙北市　乳頭山の西麓、田沢湖高原の先達川沿いに点在する、鶴ノ湯、乳頭、妙乃湯、大釜、蟹場、孫六、黒湯の総称。いずれも一軒宿。問合せは、仙北市役所☎〇一八七－四三－一一一一へ。

●鶴ノ湯温泉　秋田新幹線・田沢湖線田沢湖駅から羽後交通バス四十分、鶴ノ湯入口下車、徒歩三十分（アルパこまくさバス停から送迎車あり）。泉質／泉温＝硫黄泉ほか／四十～四十二度。宿＝鶴ノ湯温泉☎〇一八七－四六－二一三九。

●蟹場温泉　秋田新幹線・田沢湖線田沢湖駅から羽後交通バス四十七分、蟹場温泉下車。泉質／泉温＝重単純硫化水素泉ほか／五十三度。宿＝蟹場温泉☎〇一八七－四六－二〇二一。

●乳頭温泉　田沢湖駅からバス四十五分、休暇村前下車。泉質／泉温＝単純硫化水素泉／四十九・七度。宿＝休暇村乳頭温泉郷☎〇一八七－四六－二二四四。

●黒湯温泉　田沢湖駅からバス四十五分、休暇村前下車、徒歩二十分（送迎車あり）。泉質／泉温＝単純硫化水素泉、酸性硫黄泉／八十四度。宿＝黒湯温泉☎〇一八七－四六－二二一四。

高天原温泉

タカマガハラは「高天原」と書く。名前からして雲にそびえる高みにある。神話によると、天《あま》つ神のおわします天上の国。アマテラスオオミカミがいて、根の国や葦原の中の国を治めている。

その高天原に温泉が湧いている。神々も風呂が好き、どうもそのようだ。少なくとも北アルプス・雲ノ平の北にひろがる高天原には、いくつか泉源があり、ほどのいいお湯があふれている。かみ手の沢が温泉沢、奥が夢ノ平、水晶岳にいだかれ、竜晶池もある。いかにも神のおわしますところにふさわしい。

その天上の国をめざして歩きだした。出発は富山県側の折立《おりたて》口。雨もやんで、雲が流れて薄日がさしたと思うと、また急に小雨がパラつく。へんなお天気だ。雨と日焼けの両用をこころがけたので重装備の奇妙ないでたちになった。誰が見ても温泉行とは思うまい。

樹林帯を抜けて、二時間たらずで三角点に出た。たっぷり汗をかいたぶん、からだが軽くなった。

「太郎平まで4・2キロ　ガンバレ！」

よほどこの道を歩き慣れた人が道標を立てたのだろう、「ガンバレ」の一語が適切である。自分にいいきかせるように登っていくと、道がゆるやかになって草地があらわれた。薬師岳の雄大な山容がチラリとのぞいたが、すぐに隠れる。池塘に霧が流れていく。

日暮れ前に太郎平小屋に着いた。標高二三〇〇メートル。雨が上がったらしく、足下を雲が流れていく。右は大地の塊のような北ノ俣と黒部五郎、左は薬師をへて五色ヶ原。根の国から葦原をとびこして、一挙に天上国に来たかのようだ。もっとも、雲の上がつねに天国とはかぎらない。私たちには太郎平は、昭和三十八（一九六三）年の愛知大生大量遭難で記憶にしみついている。十三人が地獄をみた。おりからの豪雪をついて朝日新聞記者、本多勝一がヘリコプターで小屋に降りた。

「来た、見た、いなかった――太郎小屋に人影なし」

そのころは太郎小屋といった。昭和四十年、太郎平小屋と改名、田部重治筆の看板がかかった。その板が風化して、いい色合いをみせている。小屋の主人《あるじ》の五十嶋博文さんの日焼けした顔も、いい色を呈している。天上のたのもしいお守り役だ。笑うと童子のようだ。

翌日は快晴、早朝に小屋を出た。太郎山の手前で一心不乱に東をにらんだが、高天原は杳《よう》として望めない。湯の道は、はるかに遠い。薬師沢に下り、黒部源流の一つをたどって、さらに峠越えをしなくてはならない。

ワタスゲがやさしい。ニッコウキスゲが咲いている。なまじこの二つは識別がつくので、クマザサのほかはもっぱらワタスゲとニッコウキスゲしか目に入らない。知識が視野をせばめる見本のようなケースである。

ゆるやかな池塘に出た。地図には「カベッケが原」とある。意味は不明だが、いかにもそんな感じのある草地である。薬師沢小屋でお茶をいただいた。夏の陽ざしに水分をしぼりとられたあとなので、文字どおり五臓六腑にしみわたる。

元気をとりもどして黒部本流の右岸に下りた。どこまでも白い石がつづいている。人よんで「奥ノ廊下」。水は澄み返り、勢いの激しいところは小さな渦をつくって

黒部川・奥ノ廊下

いる。自分の影を追いかけるようにして下っていった。何度か梯子で高巻きをした。歩行が一定のリズムをとると、全身が二本の脚になったぐあいで、ただひたすら前へ前へとすすんでいく。水と同じく心も澄み返り、無我の境地といった感じだ。すでにこの身は天上の人である。岩場が峻立していて、その横をジグザグに八〇〇メートルちかく這いのぼる。いいかげんアゴの出る箇所であるが、天上の人は無心にとりついて、大汗とともに高天原峠にたどり着いた。

とたんに目をみはった。若い女性が三人、気持ちよさそうに木陰で涼んでいる。小娘といった年ごろで、高尾山にきたような軽装、お下げ髪の娘は胸元をはだけている。前夜は薬師沢小屋で泊まって、雲ノ平経由できたそうだ。行先は同じ高天原山荘。

「お風呂でいっしょになるかもしンないナ」

天上の人は、にわかに地上に落下して、あらぬことを考えた。お下げ髪が胸元のボタンをとめると、あわてたように立ち上がった。

高天原温泉は、富山地方を襲った豪雨で湯船を流されたばかりだった。

「まにあわせのお風呂なんですよ」

高天原山荘のスタッフが申しわけなさそうにいった。土砂をとりのけ、泉源を掘り出し、新しく湯船を据えるのは、なみ大抵のことではなかったろうに、苦労話は一つも出ない。

川原の湯は赤茶けた鉄泉だった。大石に衣服をのっけて沈みこんだ。少々ぬるめで、底に砂がたまっている。天上界の川っぺりで、まっぱだかでいると思うと、むずがゆいようなへんな気分だ。渓流が眩しい。至福の時にちがいない。ボンヤリと水音を聞きながら、心ゆくまで単純なしあわせにひたっていられる。

少し斜面をのぼったところに簡素な囲いがほどこしてある。女性専用だが、せっかくだから入らせていただいた。禁断の園に侵入したようで、なんてことのない脱衣棚が、気のせいかなまめかしい。泉質がちがうらしく、こちらは硫黄泉で、やや、白っぽい。太いパイプから音をたてて落ちてくる。

いまひとたびのしあわせにひたっていると、外で声がした。前を隠して首をのばしたところ、峠の三人娘がタオルを手にもって立っている。目を三角にしてにらんでいる。

「エー……その……湯かげんをみようと思って……ごめん、ごめん、すぐにあがる」

もごもごと呟いて、こそこそと服を着た。禁断の園は、やはり神秘につつまれたのを遠望するのがいい。

大風呂は温泉沢を少し入ったところの窪地にしつらえてあった。これも新しく運びこんだらしい白い巨大なポリの浴槽で、湯が招くようにキラキラと波うっている。脱衣場は少しはなれていて、その間は素裸でいく。足元があやういので靴をつけた。全裸に登山靴というのは、世にも珍しいスタイルであって、人間というよりも、もはや神仙に近づいている。浴槽のふちに頭をのせてボンヤリしていた。頭上は暗いような樹林、まわりは湯の海。こんな温泉は、世界広しといえども二つとないだろう。さながらフシギの国に迷いこんだかのようだ。ウトウトしかけたとたん、額に、ピシリと固いものが当たった。虫の伝令が起こしにきた。

山荘のテラスでビールを飲んだ。湯あがりの上に景観が途方もない。真向かいの赤牛岳は、その名のとおり赤味をおびていて、牛の背のようにモッコリとした丸味をもっている。しも手の水晶岳が一名、黒岳とよばれるのは、東から見ると黒く、西からだと水晶のように白々と光っているせいだろう。その赤牛と水晶が夕焼けのなかでカッと燃え立っている。湿原に西の山の影が落ち、その黒い影がみるみる領界をひろげていく。深いしずけさ、しずまりの吐息が聞こえるようだ。やがてランプがともった。気がつくと高天原は、とっぷりと闇にのまれている。

三日目も快晴。高天原峠にもどり、雲ノ平に出た。右が祖母《ばば》岳、左が祖父《じい》岳、あいだをスイス庭園というのは、ぴったりのようであれば、支離めつれつのようでもある。要するに空間のスケールが人間の尺度をこえると、命名の作法など、どうでもよくなるらしい。

急坂を下って、黒部源流を横切った。広大な斜面に水がしみ出して薄い膜をつくり、サラサラと、ただサラサラと流れている。そのただなかに建設省名義の「黒部川水源地標」なるものが立っている。はてもなくひろびろとした原初の風景に、わざわざ御影石を運びこんで押っ立てるなんて、どういう神経の持主だろう。

お昼すぎに赤い屋根の三俣山荘に着いた。槍ヶ岳のトンガリが雲の上につき出ている。前方は赤むけのように荒れはてた硫黄尾根。目を転じると鷲羽岳の山の背が雪をのせたように白い。

先客が口のまわりにアワつぶをつけて振り向いた。

〈つめたーい生ビール　￥1000〉。

しかしこちらはまだ最後の長丁場がある。涙をのんで珈琲で我慢した。

「鷲羽岳ですか？」

「いえ、お湯のもどりです」

「これから三俣蓮華？」

「いえ、もう一つお風呂に――」

正直を心がけたばかりに、トンチンカンなやりとりになった。今夜は双六《すごろく》小屋で一泊、鏡平経由で駆け下りて、新穂高温泉に寄っていこうという腹づもり。

「お天気が崩れそうですね」

先客はそういいながら、またもやビールのお代わり。

三俣蓮華岳にさしかかったとき、急に空がかき曇った。双六岳をかすめるころ、ポトリと一滴、頬に落ちた。雨足が近づいている。笑いはじめた膝を抱くようにして急坂を下った。とたんにしのつく雨になった。木の香の匂う軒下でノンビリと空を見上げている人がいる。双六小屋の当主の小池潜さんにちがいない。湯上がりでもないのに頬が赤い。少年のような顔がニコニコと笑っている。私は目をつぶるようにして、そのふところにとびこんだ。

♨**高天原温泉**　富山県上新川郡大山町　北アルプス山中、水晶岳の北東の高天原に湧く山のいで湯。山小屋の高天原山荘が一軒（七月上旬〜九月下旬営業）。富山地方鉄道有峰口駅から富山地方鉄道バス五十分折立下車（夏季運行）、太郎平小屋まで徒歩五時間、さらに薬師沢小屋を経て高天原山荘まで七時間四十分。泉質／泉温＝単純硫化水素泉／五十三・五度。問合せは、連絡所☎〇七六－四八二－一九一七（五十嶋博文）。

高天原温泉

北八ヶ岳横断

お昼すぎ小海線に乗り換えた。野辺山、佐久海ノ口、海尻。なぜか懐かしい気持ちがする。ながらく忘れていた人から、突然、手紙をもらったぐあいだ。

「めっきり涼しくなったねェ」

「もう秋だわサ」

そんな挨拶をかわして一人二人と降りていく。ホームが切れたところにススキの穂が盛り上がっている。

稲子湯《いなごゆ》を左に見て歩きだした。ひと風呂あびていきたいのだが、家を出たのが遅かったので、のんびりしていられない。秋の陽はつるべ落とし、午後まだ早いというのに、もうずいぶん西に傾いている。

ゲートをくぐって登山道に入った。久しぶりの山なので、なんとなくからだがぎこちない。あやつり人形の手足のようで、どれもバラバラに動いている感じだ。どうかすると足がもつれて、靴同士がぶつかったりする。それでもひと汗かいたころ、おのずからテンポができた。からだのしんが目をさましたふうで、しきりに前へとせきたてる。

屏風橋の上でひと休みした。秋の山は、もっぱら雲がお供をしてくれる。青い空に、絹糸をひいたように浮いている。ところどころ刷毛でなぞったように濃い。真上あたりは、うろこ状に点々とつづいている。少し下に尻尾をのばしたような白い塊があって、ゆっくりと西方に走っていく。何かの本で読んだのだが、ゆるやかにまわりながら飛ぶ雲を、イタリア人は「風の伯爵夫人」と呼ぶのだそうだ。飛びながら形を変えていって、優雅な女性の姿のように見えるからだ。むろん、気象学では、そんなシャレた言い方はしないだろう。通称「まわり雲」、層積雲の一種などというのではなかろうか。

平坦地に出てのんびり歩いていると、木の間に細い煙突が見えた。T字型の先っぽから青白い煙が立ちのぼっている。引き戸をくぐって暗い土間に立った。山小屋におなじみのあの匂いがする。少しいぶされてコゲくさいような、やわらかい湯気が鼻先にまといつくような、あの特有の匂いだ。古風なストーブが赤々と燃えている。奥から前掛け姿の人が手を拭きながら顔をのぞかせた。

しらびそ小屋の今井行雄さんはリス博士として知られている。ながらく身近に親しんできた。リスのほうも、入れかわり立ちかわりやってきて、ガラス戸ごしにのぞきこむ。今井さん自身、小柄で痩せていて、大きな目がクリクリしている。もう半分がたリスにちかい。

「おいしい珈琲をいれましょうか」

香ばしい香りが部屋中にただよった。居あわせた人たちみんなで珈琲カップを両手につつみ、一口ずつ、クルミを噛むようにしていただいた。

あくる朝、しらしら明けのころに起き出して、みどり池のほとりにしゃがんでいた。静けさが凝固したかのようにしずまり返っている。鳥も鳴かない。正面の山々はまだ薄闇をのこしていて、ギザギザの稜線だけが白っぽく明るい。左のただれたような地肌は硫黄岳の東壁だ。地図には「爆裂火口壁」などとしるされている。何万年も前の置き土産だが、昨日できたように生々しい。やがて天狗岳の尖りに朝日がさした。みるみるうちに朝焼けが樹林帯を染めていく。

山小屋はいま冬支度の最中で、割り木が山のように積んである。斧が立てかけてあったので、ためしに両手に握ってみた。ズシリと重い。振り上げると、だらしなくよろついた。小柄なリス博士は、毎日これを何百回となく振っている。

朝食はパンにしてもらった。厚切りをストーブにのっけて、しらびそ小屋製山ぶどうのジャムをたっぷりとぬりつける。これも手製のすぐり酒が気つけ薬。文字どおり天下一品のごちそうだ。

「どの山に登るの？」

「天狗をまわって黒百合平から明治湯に出ます。お湯がそもそもの目的だもの」

「とんだまわり道だねェ」

茅野からバスでひとっ走りで駆け上がるところを、二日がかりでたどっていく。

みどり池をまわって繁みに入ったとたん、へんなものと出くわした。赤茶けたレールが二匹のヘビのように、うねうねと走っている。広大な樹林帯を縫って、あるいは草に埋もれ、あるいは地表からつき出た骨のようにとび出している。戦争の置き土産であって、昭和十年代に「戦時興産」の名のもとに、木材が大量に伐り出された。丸太を満載したトロッコが、奇妙な獣のように斜面を走り下っていた。

大汗かいて中山峠に這い登った。汗をかいたぶん、一気に展望がひらける。巨大なわた雲が野辺山上空にかかっている。太陽を受けたところは雪のように白く、底のあたりはやや暗くて水平になっている。そよとの風もないので、伯爵夫人はまだきっと寝間のなかだろう。こころなしか、わた雲のはしが崩れて、ややしどけない。

尾根にかかった。針葉樹林帯で、足元は絨毯《じゅうたん》を踏むようにやわらかい。いちめんに苔がはえ、色あざやかなキノコが傘をひろげている。地質学では「陰林」などと呼ぶようだが、昼なお暗く、岩がしめっている。こんな高地などにも蚊がいる。何やらささやくように耳元にとんできた。

そのうちハイマツがあらわれた。ごろた石を踏んでいくと、やにわに天狗ノ鼻にとび出した。

黒百合ヒュッテの米川正利さんは顔が丸い。からだもずんぐりしていて丸っこい。風貌からして、いかにも山人の風格がある。大きな背中がたのもしい。米川さんにさそわれるままにヒュッテの前のテーブルで白ワインをいただいた。夏にはこの山小屋にフルートの音色が流れる。秋にはチェンバロが演奏される。大きな背中に守られて、この山の風のなかに小さなユートピアがある。

水のこと、トイレのこと、食事のこと——山に明け、山に暮れる人はだれもがそうだが、山を語って尽きることがない。

「里に降りると、どうもねェ、落ち着きません」

そそくさと用をすませて、すぐまた山へもどってくる。

ここも冬支度の最中だった。アルバイトの若者や娘たちが黙々と立ち働いている。割り木を小屋に運びこみ、天井高く積み上げる。どの顔もあどけない。軍手とジーパンと色どりさまざまな前掛けがよく似合う。割り木の山が倒れかかって、すとん狂な声があがった。

八方台まで下りてくると、カラマツが燃えていた。山の背全体を、黄と赤に染めぬいたぐあいだ。ちょっとした風にもハラハラと落ちてくる。ナナカマドがまっ赤な葉を垂れている。

赤焼けの空に蓼科山の端麗な三角錐がのびていた。頂上ちかくに笠雲のようなものがかかっている。お天気が崩れる前兆かもしれない。しきりに霧が這い上がって

北八ヶ岳・東天狗へ登る

くる。さすがに日暮れがちかいと肌寒い。さきほどの白ワインがきれたせいもあるようだ。急にお湯が恋しくなって、ころげるようにクマザサ道を駆け下った。

明治温泉はバス道からガクンと下がった渓流沿いにある。天保のころ開湯というが、何用あって昔の人はこんな山奥まできたものか。湯宿は明治半ばの開業、そのせいで明治温泉というのかと思っていたが、「明らかに治る」が命名の由来だそうだ。人間はなぜか、どうでもいいことに意味をつけたがる。

炭酸鉄泉で、冷水が滝のように落ちている。熱いのにつかってから、冷水の打たせをあびる。あったためたり冷やしたり、お豆腐をつくる要領で往復したら、山の疲れがあらかた消えたぐあいだ。

食堂でビールを飲んでいると、ワイワイにぎやかな声がして、団体らしい人々がやってきた。

でっぷり肥ったのや痩せたのが、たがいに「ご苦労さん」といいあってから乾盃をした。全員、どす黒い顔なのはゴルフ焼けだろう。でっぷりした人が何かの会長らしく、まわりが口々に会長の腕をほめそやす。歯の浮くようなお世辞であるが、いわれるほうはまんざらでもないらしく、ひとしきり秘訣を披露したりする。

つづいて女性の一団が入来した。こちらもそれぞれ「ご苦労さま」といい合って食事になった。いや、そのうるさいこと。

そういえば玄関に貸切バスが数台とまっていて、全館にこうこうと明かりが洩れていた。

「おたがいで〈ご苦労さま〉といい合うのは、どういう心理から出たものだろう?」

うるさいのを受け流して、ほかのことを考えようとするのだが、頭が抵抗して働いてくれない。

「ヘンなのと一緒になっちゃったナー」

しかし、考えてみると宿にとっては、リュックサックひとつの、うす汚れた山帰りこそ〈ヘンなやつ〉かもしれないのだ。なんだか急に味けなくなって、早々に食事をきりあげた。

下駄を借りて外に出た。人声が消えて水音がとって代わった。対比するとなおのこと、いかに人間の声がワイザツなものであるかがよくわかる。

石段を下っていくと渓流のほとりにきた。下駄をぬいで、お尻にあてて、しばらく暗闇のなかにうずくまっていた。ひやっこい風がここちいい。五感がいきいきとよみがえってくる。上空を見上げたが、狭い谷間に細い空がのぞくばかりで、雲も星も見えない。風の伯爵夫人といっしょだったのは、ほんの昨日のことなのに、それも遠い昔のような気がしてならない。

♨**稲子湯温泉**　長野県南佐久郡小海町　八ヶ岳東麓、標高一五〇〇メートルにある一軒宿の温泉。小海線松原湖駅から小海町営バス二十五分、稲子湯下車（冬季運休中は送迎あり）。泉質／泉温＝単純炭酸泉・硫黄泉／八度（加熱）。宿＝稲子湯旅館☎〇二六七－九三－二二六二。

■**しらびそ小屋**　通年営業　稲子湯から二時間十五分　☎〇二六七－九六－二一六五／現地☎〇九〇－四七三九－五二五五。

■**黒百合ヒュッテ**　通年営業　しらびそ小屋から中山峠経由二時間十分／蓼科側の渋ノ湯バス停から二時間三十分　☎〇二六六－七二－三六一三／現地☎〇九〇－二五三三－〇六二〇。

♨**明治温泉**　長野県茅野市　奥蓼科温泉郷の一つ。渋川のほとりに位置する一軒宿。中央本線茅野駅からアルピコ交通バス四十分、明治温泉入口下車。泉質／泉温＝含鉄炭酸泉／二十五度。宿＝明治温泉☎〇二六六－六七－二六六〇。

明治温泉目指して

別所温泉から夫神岳

時間待ちの間、駅前を一回りした。うれしいことに映画館が健在である。上田東映とニューパール座。ニューパールのほうは松竹系らしい。おもわず足をとめた。看板絵、ポスター、キップ売り場、入口のモギリの席。寸分むかしと変わらない。

「さすが信州人だな」

何がさすがなのか、われながら不明だが、ふとそんなふうに考えた。私の育った関西の城下町にもニューパール座があって、高校のとき学校をサボッて、しげしげと通ったものだ。

弱い陽ざしが通りに落ちていた。勤め先に急ぐ人が白い息を吐きながら通っていく。朝の駅前で腕組して感慨にふけっている人も珍しいらしく、通りすぎてから順に振り向いていく。あわてて駅にもどって別所温泉行きの電車に乗った。

上田市の南西にひろがる盆地を称して塩田平《しおだだいら》。「信州の鎌倉」などと呼ばれている。神社仏閣がどっさりあるからだ。常楽寺、安楽寺、中禅寺、北向観音堂……。山登りではなく、お寺参りにきたかのようだ。終点の別所温泉駅は古風な木造平屋建て。待合室のまん中にストーブが赤々と燃えていた。しばらく通学の女子生徒にまじって顔と手をあぶっていると、折り返しの時刻がきて、皆がいっせいにいなくなった。やむなく腰をあげ、リュックサックをゆすり上げて歩き出した。

正面のお山が夫神岳《おがみ》。三角錐のいい形をしている。地元では「岳の山」という。頂上に九頭竜《くずりゅう》権現を祀り、雨乞いの山として知られている。毎年七月、土地の人々は竜をかたどったノボリを押し立て、お山参りをする。このとき奉納するのがササラ踊り——などと、知ったかぶりで書いたが、柏屋別荘のご主人に、手紙でおそわったことの受け売りである。当のお宿が見えてきた。温泉街のいちばん奥まったところにあって、がっしりとした木造四階建てに、えもいえぬ味と風格がある。ここの温泉につかりにきたのだが、その前に山に登ってこようというのだ。つい目と鼻の先におめあてのお風呂があるというのに、トボトボと前を素通りしなくてはならないとはナサケナイ。夫神岳はまっ白、さぞかし雪が深いだろう、何か理由をひねり出して、このまま宿に入ろうかと一瞬思ったが、弱気の虫を呑みこむようにして西に向かった。

山道に入り、霜柱をけちらかしていくうちにからだがあたたまってきた。里からずっとへだたった窪地にポツンと一軒だけ家がある。すでに廃屋らしいが、人の住んだ歳月が、ある種の造形美といったものをつくり出している。見とれながら歩いていて足をすべらせ、文字どおり仰向けにすっころんだ。水のあふれたあとがツルツルに凍りついている。

杉林を上がっていくと、赤い地肌の林道に出た。しばらく登ると、またもや林道にとび出す。さらに行くと、三たび遭遇。林道というから林業振興につくられたのだろうが、おそろしくぬかるんでいて、荒れはてている。

尾根筋に出た。眼下に塩田平がひろがっている。右に尖った峰をもつのは独鈷《とっこ》山だろう。へんな名前だ、密教僧が修業のときに手にする聖具の「独鈷」にちなんでいるらしい。里の寺々とのかかわりから命名されたにちがいない。

大小の手鏡を落としたようにちらばって銀色に光っているのは溜め池である。塩田平の命づなにあたる。溜め池はいくらあってもしょせんは溜め池であって、雨が降らなければ干上がってしまう。地形からして素人にも雨乞いの山の必要がよくわかる。

少し休んだだけでからだが冷えて全身がゾクゾクする。膝までくる雪の中を、シラカバの幹にすがるようにして登っていった。息が上がりかけたころ、ラクダの瘤のような箇所にとび出した。奥のコブが頂上で、小さな、品のいい石の祠が祀られている。冬の陽ざしを受けてまわりの雪が黄金色をおびている。

案内書には「展望はない」とあったが、東南一帯がカラリとひらけていた。祠のまわりに芝草のぐあいよりすると、お山参りの際に手入れがされているのだろう。その下に控えた山が女神岳だ。夫神岳と対になっている。もっとも、これは後世がつくりあげたコンピらしい。古代人は水をつかさどる龍神を「オカミ（龗）」といった。それが「オガミ」となまって「男神（夫神）」の字があてられ、ついては女神が添えられた。

祠のかたわらの陽だまりにしゃがんでおにぎりを頬ばっていると、人がきた。いかにも山慣れした格好で、リュックは世に知られたサレワのザック。それもみるからに使いこんである。長野市から車をとばしてきた。費用は〆《しめ》て風呂代の五十円のみ。

石の感じがいいといって、しきりに祠をてのひらで叩いている。スイカのうれぐあいをはかるぐあいである。雨乞い用だとつたえると、辺りをひとしきり見まわしてから、こんなに雪があれば雨は降らなくても大丈夫、などと乱暴なことをいった。

「降りすぎるにも困りもんだからねェ」

建築関係というから、仕事にさしつかえるのだろう。そういえばむかしの人も、雨乞いで雨が降ったのはいいが、そのあと長雨になって弱ったこともあったらしい。

ときにより過ぐれば民の嘆きなり
八大龍王　雨やめさせたまへ

そんな実朝の歌がある。

午後も早いうちに温泉街へ下りてきた。冷えきったからだを湯につけた瞬間、足の裏から頭のてっぺんまで快い電気のようなものが走った。朝にあのまま宿へしけこまなくてよかった。大汗を流したご褒美である。

湯がトロリとしていて、特有の匂いがある。りちぎ者のご主人が源泉のみで通しているからだ。大旅館のようなまぜ物がない。

「……本来の姿の湧出そのものを御利用いただいて居ります。従って浴室も小さく、立派な施設の大きな浴室にお入りつけた皆様には御不満かと思います」

大いばりにいばった案内書はごまんとあるが、詫びているのは初めてだ。柏屋別荘は明治四十三年の創業。長野オリンピックをあてこんでか、どの宿もたいそうな造りで建て替え中のなかにあって、古い建物をきちんと守っている。くる途中、建て替え組の一つに柏屋本店というのがあった。

「……屋号のみ〈本店〉〈別荘〉になっておりますが、横のつながりはございません」

庇を貸して母屋を失ったようなことなのだろう。遠慮がちに違いがそれとなくつたえてある。

調理場からいい匂いがただよってきた。腹の虫をなだめながら玄関を出て、お隣りの石湯に足をのばした。小柄なじいさんが番をしている。うっかりして財布を忘れてきたのに気がついた。じいさんがうなずいた。

「いいよ、いいよ」

このつぎでいい、とのことだが、このつぎがいつのことだか。ほかにも二つ外湯があって、大師湯、葵ノ湯と優雅な名前がついている。番台のうしろの壁に「共同湯管理人募集」の貼り紙がしてあった。「委細面談、場所・温泉組合事務所」。年齢、学歴とも不問らしい。

戸がガラリとあいて、両頬をリンゴのようにほてらしたおばさんが風呂桶を抱いてあらわれた。豊満な胸元からホンノリとミルクのような匂いがする。じいさんが顔をほころばせて渋茶をすすめている。いずれ委細面談を受けて、番台の人生を送るのも悪くない。

▲夫神岳　長野県上田市・小県郡青木村　標高一二五〇・三メートル。別所温泉から二時間二十分。二万五千分一地図「別所温泉」
♨別所温泉　長野県上田市　上田市の西、夫神岳の麓の山間の湯。日本武尊東征の折に発見されたと伝わる古湯。旅館は十六軒、ほかに「石湯」「大師湯」「大湯（葵の湯）」の三つの共同浴場、日帰り入浴施設がある。柏屋別荘は閉館。上田交通別所温泉駅下車後徒歩七分。泉質／泉温＝単純温泉・硫黄泉／四十四度。問合せは、上田市役所☎〇二六八－二二－四一〇〇へ。

夫神岳山頂で

大沢温泉から長九郎山

川の中に石の像が立っていた。大きな半円形の岩にのっている。中国の聖人のような服を着て、同じく中国の聖人のようなヒゲをはやしている。簡素なつくりで、愛嬌がある。

「依田佐二平翁石像」

碑の文字は風化していて読みとれない。ひんやりとした朝の川風が吹きあげてきて、あわてて首をすくめた。

露天風呂のおばさんは、「サジベエさん」といった。明治の初めに私費を投じて学校をつくった。道路をつけ、山をひらき、公民館を建てた。土地の恩人である。

「エライ人ですね」

「エライ人なのヨ」

エプロン姿のおばさんはせっせと上がりがまちを磨いている。休憩室になってい
て、八畳間ほどの広さ、湯あがりにのんびりと休んでいける。コーラ、サイダー、
ジュース、オロナミンCなどもある。まだ朝の九時だというのに、もう湯から上
がって缶ビールを飲んでいる人がいる。
〈大沢荘炭酸泉の価値と効用〉
上がりがまちの上に古風な看板が掲げてあった。しも手の宿の所有で、伊豆唯一
の炭酸泉、湯質は名湯道後温泉に匹敵するという。高血圧、神経痛、リュウマチ、
胃腸に効く。肌がきれいになるので、通称「化粧の湯」。最後にカッコつきで〈尚
厚生省の調べです〉と断ってある。価値と効用を保証するものらしく、そのように
昔の厚生省はエラかった。
なだれ落ちるような山裾の窪みが天然の湯壺で、ゴボッゴボッと音をたてて湯が
盛り上がっている。小さな仕切りが女湯と分けていて、奥は一つ。川向こうの竹林
に朝陽が射し落ちて黄金色に染まってきた。これから山へ登るというのに、からだ
がはやくもふやけている。

休憩室にもどって汗がひくのを待っていると、おばさんは「ベンゾウさん」もエ

ラかったといった。サジベエさんの弟で、北海道に渡り、十勝原野を開拓した。そういえば途中の「花の三聖苑」で説明板を見た。当地の三賢人にちなんでいて、レストランや共同湯がある。依田佐二平の建てた小学校も移築してある。黄色い菜の花が咲き乱れていた。十勝原野の開拓者依田勉三は、苦労したころを回顧して「豚とひとつ鍋」といったそうだ。豚と同じようなひどい鍋を食べていたということ。

そういえば食堂のメニューに「猪豚汁」というのがあった。めった汁に猪と豚をかけ合わせたイノブタの肉が入っていて、からだがホコホコとあたたまる。

——あれ、うまかったなァ。

せっかく先覚者を教えられたのに、エラくない人はもっぱら猪豚汁を思い出すのみなのだ。

「松崎にはエライ兄弟がいたのですね」

「ホント、昔の人はエラかったのよネェ」

今の人は、あわてでリュックをかかえて立ち上がった。天気は上々だが、話の雲行きのほうがあやしい。これから長九郎山に登り、午後ふたたび同じ露天風呂に帰りつく。風呂を出て、グルリと遠回りして同じお風呂にもどってくるわけで、どう考えても、あまりエライ人のすることではない。逃げるように木橋を渡った。しも手に依田佐二平翁の背中が小さく見えた。

伊豆の山は人名風が多い。万二郎岳、万三郎岳、長九郎山。となり合って十郎左ェ門なんて名前の山もある。長九郎の弟分のように、めだたず北に控えている。林道沿いのせせらぎは持草川《もうそう》といって、これが名産のワサビを育てる。案内の標識に番号がつけてあって、順にたどっていけば道に迷わない。小さなワサビ田が点在している。

せせらぎが渓流にかわり、林道の舗装が切れた辺りから山らしくなった。どのお役所が決めたのか「長九郎学術参考保護林」などと、いかめしい名前をいただいている。当地のシャクナゲはキョウマルシャクナゲといって、その南限、またツクシシャクナゲの東限にあたるそうだ。同じシャクナゲでも花の色が濃厚で、背が高い。大柄で妖艶《ようえん》な女性といったところである。

ミズキ、アセビ、モミの大木があらわれた。人の背丈ほどの小さな木に「クロモジ」の標識がついている。つま楊子にすると、独特の香りがある。とたんに猪豚汁が頭をかすめた。

上空は風が強いらしく、雲が一目散に走っていく。陽が射し落ちたかと思うと、雲のかたまりが追いかけて、そのたびに地上に巨大な影ができる。松崎の海が見えた。太陽が雲から出ると海面が紺青に輝き、雲に隠されると、濃い紫のような色合いをおびる。

古い本には玄嶽《くろだけ》火山、天城火山、猫越《ねっこ》火山、達磨火山などとあるから、この辺りの地中はぐっとあたたかいのだろう。樹木がモコモコと盛り上がっている。明らかに火の国の植物帯であって、常緑樹の葉はぶ厚く、こころなしかてらてら光っている。

古木の根かたに石仏が一つ。その先を大きくまわると、山頂についた。樹林が一点だけハゲたぐあいで、鉄骨のヤグラが展望台だ。海も波が高いらしく、磯辺が白い斑紋をつくっている。上から見ると暗緑色の木の葉が厚いビロード状に山肌を覆っていて、これもまた風を受け、ゆるやかに波打っている。信州や東北の山を見なれた目には、南方の異国に来たかのようだ。ここでは地中の熱を吸いこんで、ものみな旺盛に繁茂する。もし夏のさなかに来あわせようものなら、濃厚な美女の胸に抱きしめられた思いがするのではあるまいか。

ヒメシャラは、まさにそんな美女の裸身のようだ。幹の色、肌合い、太さ、すべてが女体のようになまなましい。枝分かれした部分が、あらぬ形態をとっている。むき出しにしたままハジらいもなく群生して、この上なく、ワイセツといわねばならぬ。あるいは、それを想像する当方がワイセツなだけなのか。

少し下ると天地がひらけた。山道の両側にきちんとシャクナゲが並んでいる。あまり行儀がいいと思ったら、伐採したあとに植えられたらしい。シャクナゲのつぼみは薄いピンク色をしている。あられもないヒメシャラを見た直後なので、なおのこと清純で、あどけない。八瀬峠をこえて、富貴野からの出合いをすぎると、風がやや収まった。大野山の西の背でお昼にした。今回は西洋風でパンに種入りマスタードをぬりつけ、スライスチーズをはさむ。レタスでハムをつつみこむ。スープをつくった。

眼の下に大沢温泉が見えた。松崎の町並み、さらに駿河湾をはさんで対岸まで見とおせる。眺望のかたわらレタスとハムを食べ、チーズパンをパクつき、スープを飲み、地図をながめ、手帳にメモをとった。人間は時間がたっぷりあると、なぜかむやみにこぜわしくなるものだ。それとも広大な空間を前にすると、わが身の小ささが堪えがたく、つまりは、動物の名のとおり、あれこれせわしなく動きたがるものなのだろうか。

午後二時すぎ里に降りてきた。露天風呂のおばさんが何ごともなかったように休憩室にすわっていた。実際、何ごともなかった。幼なじみから思いがけず電話があって、それでつい長ばなしをしたそうだ。あとはいつもと同じ。こちらが天地をきわめ、伊豆の地誌に思いをはせて植物誌を考察し、ヒメシャラの群生に欲情し、かつまたチーズサンドとスープの昼食にひたっていた間、彼女は要するに渋茶を二杯すすっただけだった。体験というものは、このように個人的で、一般化がきかないものである。

この日、二度目の露天風呂につかった。前方の竹やぶに午後の陽ざしが射し落ちて黄金色に輝いていた。朝の場合と何がちがうのかはわからないが、あきらかに微妙に朝とちがっている。それが何かは考えないことにして、頭に手拭いを巻きつけ、湯に沈んだ。竹林がしきりにゆれている。何やら合図を送っているようでもある。緑のかたまりがいまにも動き出しそうに見える。そんなにもふてぶてしく、悠然と

長九郎山のアセビの道

動いている。

鼻の下まで湯につかりながら考えた。松崎の町には、とびきりうまいそば屋がある。風変わりなミニチュアをこしらえている刃物職人もいる。海辺に仕事場をもって船を造っている人。伊豆全体が一つの大きな遊園地だとすると、ここはそのなかのとりわけたのしい遊歩道だ。

湯から出て休憩室にもどってくると、ヒメシャラの若木が四本、六本と畳にのびていた。山とちがって、里のヒメシャラは横にのび、透かし模様のパンストをつけている。枝分かれする手前でスカートの笠をつけていた。

▲長九郎山　静岡県加茂郡松崎町・加茂郡西伊豆町　標高九九五・八メートル。大沢温泉口バス停から池代経由四時間四十分。大野山の肩を通る見晴らしコースは崩壊のため通行止め。二万五千分一地図「仁科」「湯ヶ野」

♨大沢温泉　静岡県加茂郡松崎町　池代川沿いの静かな山の湯。化粧の湯とも呼ばれている。日帰り入浴は大沢荘山の家露天風呂☎〇五五八－四三－〇二一七。周辺に民宿二軒。大沢温泉ホテルは二〇一七年廃業。伊豆急行伊豆急下田駅からバス四十分大沢温泉口下車、徒歩十分。泉質／泉温＝重曹芒硝石膏泉／五十五度など。問合せは、松崎町役場☎〇五五八－四二－一一一一へ。

大沢荘山の家の露天風呂

四国・国見山

四国はお札の国である。

一つはお札《ふだ》、八十八カ所の巡礼でおなじみだ。お参りの記念にお姿入りのお札をいただく。もう一つはお札《さつ》。とりわけ土佐の和紙が知られていた。かつてわが国の紙幣のおおかたは、土佐紙でつくられた。ねばりがあって強い。水にぬれても破れない。土佐紙のもとになるコウゾやミツマタは吉野川の支流の奥深い山中でとれる。

おフダも悪くないが、なろうことならおサツがいい。その故里《ふるさと》を訪ね、ついては今後のご利益を頼んでこよう。多少ともさもしい思惑を胸に秘めて飛行機に乗った。

地図でいうと、四国のほぼ真ん中、阿波と土佐とが接するところ、讃岐と伊予にも隣合ったところに国見山がそびえている。土佐の執政、野中兼山は有名な「本山掟」によって、桑や茶やコウゾの栽培を奨励した。

「――用に立たざる木一本も植えまじく候」

土佐の知恵者はおりおり国見の山に登り、山肌をうめて咲きほこる「紙のもと」のにぎわいを満足げに眺めていたのではなかろうか。

前日は、阿波池田の郊外、白地《はくち》温泉に泊まった。吉野川沿いの高台にあって、ダムでせきとめられた川が湖のように広がっている。

ひと風呂浴びてロビーに涼みにきたら、林芙美子と出くわした。『放浪記』の作者は昭和十六（一九四二）年の初夏、この宿に泊まり合わせ、すっかり気に入って十日ばかり滞在した。先代の叔父にあたる小西悦助という風流な老人がいて、気が合ったらしい。林芙美子は『清貧の書』にみるとおり、若いころ人一倍、お礼に苦労した。彼女もまた、いささかご利益を念じる思いがあって四国旅行を思い立ったのかもしれない。

旅に寝て　のびのびと見る　枕かな

そんな句を詠んでいる。

対岸を土讃線が走っている。

吉野川　河童も出ずに　汽車の音

そのころはきっと黒い機関車がポッポッと煙を吐きながら走っていたのだろう。現在はオシャレなカラーの四国ＪＲがさっそうと渓谷を縫っていく。

大歩危《おおぼけ》からタクシーで後山峠《うしろやま》めざして走り上がった。急な斜面の日当たりのいい地形を利用して点々と家が見える。まわりはきれいに耕され、よく手入れされた段々畑に野菜や花々がうわっている。自家用らしいお茶の木もある。どの家も大きなつくりで、ゆったりしている。都会人が失ってしまった豊かさというものだろう。眺めそのものが、ある確かな生活感と風土性をもっていて、どこか郷愁にも似た思いをかきたてる。

峠の小さな標識を目じるしに山にとりついた。杉の植林帯を抜けると尾根に出た。涼しい風が吹き上げてきて、汗をさらっていく。足下は削いだように谷が深い。国見山の南から東にかけては秘境祖谷《いや》谷がつづく。樹相もまたこころなしか暖国特有の勢いをもっている。金粉をまいたように黄色いのはミツマタの花だろう。木を削いで、その皮から紙をつくった。

昭和三十年前後まで百円紙幣が健在だった。たしかピンと髭をのばした土佐人、板垣退助の顔が印刷してあった。

百円紙幣の廃止の波に
反対！　反対！
蹶起の声は土佐の山里におこり
四国山脈にこだました

（近藤慎二「三椏《みつまた》の花」）

硬貨が紙幣にとってかわった。土佐人退助の退場とともに、土佐紙も急速に姿を消した。

杉林のなかに、ほとんどまっすぐな道が天にとどくようにのびていた。紙業が衰え、杉やケヤキの植生になって、防火線としてひらかれたらしい。この種の人工の道を登りつづけるのは、いつも少々へこたれる。詩「三椏の花」は紙幣の需要がなくなり、人の姿が消えたあとの山を土佐弁で報告していた。

じゃが見てみよ可愛い奴じゃ
おらんくの三椏ァ山一面に咲いたぞ

人工林に「おらんくの花」はない。昼なお薄暗く、ムレたような湿っぽい空気がよどんでいる。汗まみれになって再び尾根筋にとび出した。ブナの大木が心地いい日影をつくっている。国見神社の石垣が崩れかけている。前の石段を上がりかけたら、山頂より下ってきたらしい年輩のご夫婦に呼びとめられた。

「後山峠はどう行きますか?」

「これを下ると後山峠です」

ご主人が首をひねった。この道なら自分たちが登ってきた道であって、この道ではなく後山峠への道をさがしている。

「だから、これがその道です」

奥さんが首をひねった。この道ならさきほど登ってきた道だからよく覚えている。最前、この石垣の前でひと休みした。これではなく後山峠への道がわからない——。

地図をひらいて、これが後山峠への道であることを伝えると、二人して首をひねった。いま行きたいところは、すでにすませた道だとすると、これからどうすればいいのだろう。

「いったい、ワシらはどこから来たンかいナ」

二人は問いたげな目でじっとこちらを見つめている。哲学者ヴィトゲンシュタインが『論理哲学論考』のなかでとりあげた命題の一つとそっくりである。「それと指し示すことのできるのは、それと指し示したとき、すでにこれまでのそれと同一ではない」。

いろいろ訊いてみて判明した。ご夫婦愛用のガイドブックが後山峠を「おおどう峠」と誤記しているのが混乱のもとなのだ。二人はおおどう峠より後山峠のコースをめざしたが、それは実は後山峠より後山峠への道であって、厳密にいうとこれをめざすとき、人は一歩も歩けない。ちなみに『論理哲学論考』のしめくくりの命題はこうだった。「わたくしを理解する読者は、わたくしの書物を通り抜け、その上に立ち、それを見おろす高みに達したとき、ついにその無意味なことを悟るにいたる」。

山頂がモッコリとび出ていて、二等三角点と「海抜一四〇九米」の古びた標識が立っていた。まさしく「国見」の名のとおり、四国がズラリと見わたせる。こちらが阿波、こちらが伊予と、国守が領地を検分するようにして四方を見わたした。あまりに山が多く、それにみんな立派な山容をしていて、どれが剣山で、どれが霊峰石鎚《いしづち》山なのかもわからない。

南方の陽ざしが眩しい。弁当を食べ終わると急に眠くなって、ハンチングを顔にのせてゴロリと横になり、ウトウト寝てしまった。

雲で陽ざしがとぎれ、風が起こって目が覚めた。しばらくそのままの姿勢で、ハンチングにしみついた汗の匂いをかいでいた。中国の昔ばなしでは、うたた寝中に蝶になった夢をみた男が、眠りから覚めたあと、はたして自分は蝶になった夢を見た人間なのか、それとも人間の夢を見つづけている蝶なのか、しばらく判別がつかなかったというが、どこかそんな心もちと似ているようだった。哲学者の命題のいうとおりであって、「その上に立ち、それを見おろす高みに達した」とき、すべては夢のようで、お札《さつ》に惹かれてやってきたことなど、きれいさっぱり忘れていた。たとえそうだとしても、しかし国見のお山を枕にするとは、これはこれで、すこぶる豪勢な夢というものではなかろうか。

後山峠にもどり、今夜のお宿の祖谷温泉へ向かっていたとき、運転手がやおら車をとめた。深い祖谷谷沿いの道からながめると、国見山は急勾配の三角形をつくってそそり立っている。山頂が夕陽をあびて、黄金の帽子をかぶっているように見えた。

▲国見山　徳島県三好市　標高一四〇九・一メートル。後山峠から一時間四十分。二万五千分一地図「大歩危」

♨白地温泉　徳島県三好市　吉野川沿いの高台に位置し、大歩危（おおぼけ）、小歩危、祖谷渓の探勝基地によい。宿は旅館一軒。徳島本線阿波池田駅から四国交通バス十二分、白地温泉下車。泉質／泉温＝石膏泉／十三度（加熱）。宿＝小西旅館☎〇八八三－七四－〇三一一。

♨祖谷温泉　徳島県三好市　祖谷渓に湧く温泉。一軒宿のホテル祖谷温泉にはケーブルカーで下っていく露天風呂がある。泉質／泉温＝単純硫化水素泉／三十九・三度。宿＝ホテル祖谷温泉☎〇八八三－七五－二三一一。

祖谷温泉・渓流沿いの露天風呂

鼻曲山・浅間隠山

左右から山が迫っていて、谷のどんづまりは分水嶺だ。うす暗いなかに水音がひびいていた。しも手がえぐれたように落ちこんでいて、そこから水流が矢のように走り出る。岩にぶつかった水沫が霧のように立ちこめる。そこから「霧積《きりづみ》」の名がついたのかもしれない。

宿のまわりをひと巡りしてもどってくると、裸でパンツだけの男の子が玄関に立っていた。風呂あがりで金太郎のようなまっ赤な顔、丸いお腹をつき出している。少し出べそぎみで、小さなへそが横向きにのぞいていた。

「おっ、へそ曲がりだナ」

指でつつくと、くすぐったそうにからだをよじらせた。シャツとズボンをかかえている。ズボンのバンドにお守り袋がぶら下がっている。

「おじさん、どこいくの」

「おじさんはハナ曲がりだ」

きょとんとしていた。階段の上から声がして、一目散に走っていった。

霧積温泉の湯は澄んでいて、少しぬるい。音をたてて流れこみ、こちらがつかると、川のようにあふれ出た。

「……泉となり湧出て永生に至るべし」

聖書『マルコ伝』の一節らしいが、苔むして石に彫りこまれ、渡り廊下のかたわらに据えられていた。何かの因縁あって建てられたのだろうが、上州の山深い湯宿で聖マルコに出くわすとは思わなかった。


夜中に雨音を聞いた。さいわい朝には上がっていて、モヤモヤした霧の中を歩きだした。しばらくジグザグの急坂を登っていく。とぎれとぎれに沢音がした。それがとだえたころ尾根に出た。眺望のひらけるところがあって一名「霧積ノゾキ」。繁り合った青葉ごしに屋根が見えるはずだか、まだ霧に沈んでいた。

天狗坂でひと汗かいて峠に出た。風の通り道らしく冷風が全身をつつんでくれる。

しきりにカッコウが鳴いている。そこへブッポーソーがまじりこんだ。べつに急ぐ用もないので、小半時ばかり聞きほれていた。

「この辺りが境界だろうナ」

地図で確かめると、峠から鼻曲山《はなまがり》へと県境の線が走っている。さらにたどると文字どおりの「国境平」である。これが小浅間山を抱きこんで浅間の噴火口を横断する。

昔風にいえば上州と信州の国境《くにざかい》だ。それを出たり入ったりするのが目的というのだからのんきな山旅である。鼻曲峠付近は金山ともいうらしい。昔は金がとれたのかもしれない。南には熊野神社が祀られており、北の峠は「二度上峠《にどあげ》」の名をもっている。もし金山だったとすると、かつてこの国境は熱い目で見張られていたわけだ。

鼻曲山は山頂ちかくが鼻のようにとび出し、かつ少し曲がっているのでこの名がついたのだろう。その鼻柱を汗みずくになってよじ登り、アゴがあがりかけたころ鼻のトンガリに出た。二つに分かれていて大天狗は団子鼻のように丸い。ススキの向こうに浅間山がのびやかな稜線を引いている。その右は上州の山また山、左かたは信州の山並み。夏の雲が巨大なソフトクリームのようにのび上がっている。

弁当を食べ終わると急に眠気に襲われた。リュックを枕にゴロリと横になると、山と一体になったようないい感じだ。母胎につつまれたようなやすらぎがある。ハンチングを顔にのせると、縫目を通して小さな光が洩れてくる。鼻先だけを外に出した。鼻曲山の鼻出し男は、そのままスヤスヤと眠ってしまった。

この日は小瀬《こせ》温泉へ下りた。上州のあとは信州で一泊というわけだ。古い世代は草軽電鉄の「温泉駅」に降り立ったのだろう。ロビーにそのころの写真が掲げてある。宿は改築されたが、どこか古きよきたたずまいがしみついているようで、しっとりと落ち着きがある。さんざめく夏の軽井沢の一角であるのがウソのようにもの静かだ。

お風呂は黒い石づくりで、まん中から盛り上がって澄んだ湯が流れ出ている。窓から顔を出すと、目の下は小川で、橋のたもとにコック姿の人と竹籠を背負った人とが立ち話をしていた。とりたてのキャベツを届けにきた。お宿の自家製のハムの味が話題になっている。湯の中で耳をすませて、今夜のわがメニューを盗み聴きした。

あくる日も快晴。ふたたび上州に入って二度上峠から歩きだした。「浅間隠《あさまかくし》」の名はあきらかに上州人の命名だ。地形からして前にドンと立ちはだかり浅間山を隠している。

振り返ると鼻曲山がトンがった鼻を空に突き出していた。これもまた上州側の人が名づけたのだろう。こちらから見ると、ひと目で名前の由来がわかる。碓氷《うすい》峠を鉄道がつらぬいて信州側がひらけたのは明治以後である。それまで上信近辺の街道筋は、もっぱら上州人の世界だった。絹商人や木工職人、あるいは国定忠治といった上州博徒がお山を目じるしにして往き交いしていた。

黒い火山岩が大入道のようにあらわれた。土も火山質でパサついた感じだ。鼻曲山とは指呼の間だが、浅間隠山は土質も植生もちがうらしく、どの木も背丈が低い。すぐ頭上にかぶさってきて、そのため空が水を流したように動いて見える。木の葉ごしに稜線が一つのぞいていた。こんもりとした峯の頂きがポツリと赤味をおびていて、まるで天に吸わせる乳首のようだ。

東にのびるのはトッコナラ尾根とある。意味は不明だが、その名が正確にデコボコした形をつかんでいる。右につき出たのはトドメキノ頭だ。さらにムッセン沢、塩壺沢、鬼神岩……。いかにも生活感があふれている。退屈な街道歩きのあいだ、人々は地名をタネにひそひそと逸話や伝えばなしを交しあったにちがいない。器用な人が、もっともらしい話をひねり出した。浅間隠山を富士に見立てて川浦富士である。矢筈《やはず》山ともいうのは山頂が二俣になっていて矢じりに似ているせいらしい。すぐ西の山が鷹繋《ようけい》山、東南にあるのが角落《つのおち》山。いつのまにか雲が出てきて、雄大な山並みに光と影のしま模様が走っている。

昼すぎ山頂に着いた。ハゲハゲのところに小さな祠《ほこら》が祀ってあって、どこから登ってきたのか、グループが数組、めいめいちがう方角に向いて食事中。おばさん組は多少にぎやかすぎるので、なるたけはなれてひっそりとおにぎりを食べた。

浅間山の山裾にゴルフ場がひろがっている。小学生の色紙を貼りつけたような安手の緑色で、さらに色紙を小さくちぎったような植林で区分している。あんなこせついたところで小さなタマをひっぱたいたり、つついたりしているのかと思うと、多少とも気の毒でならない。

色紙の上は重量感のある黒い樹海で、浅間の頭は大きな山高帽をのせたように厚い雲をかぶっていた。

鼻曲山山頂から浅間山を望む

ひと休みしてからシャクナゲ尾根を走り下った。五合目ちかくで小さな沢があらわれた。これが下って温川《ぬる》になる。鳩ノ湯に着いたのは午後まだ早いころで、宿はひっそりしていた。「三鳩樓帳場」の古い看板がお出迎え。文政十年の年号入りの湯札が残されている。

お湯は鉄分質でやや赤っぽい。湯船に何枚もの細い板がわたしてあって、入るとき取り去る。出るとき、また並べておく。それが面倒な向きは二枚ばかり取りのけて、首だけ出してつかっている。

少し東へいくと旧大戸の番所で、国定忠治は上州から信州へ逃れる際、この番所を押し通った。日光の円蔵といった腕こきの子分をつれた忠治一行が、三度笠姿でやってきたとき、番所の小役人は肝をつぶして見て見ぬふりをしたらしい。そのあと一行は峯づたいに上信国境を縫うようにして西へ進んだ。どうやら鳩ノ湯ちかくの高台で合議のすえ、それぞれ別々になって落ちていったらしい。

「赤城の山も今宵かぎり……」

お風呂の中でみえをきった。板の湯船はやわらかくてここちいい。思い出したように湯口からお湯が流れてくる。そのうちはたと湯音がとだえて、あたりがしんと静まり返った。

「さて、どうしたものか」

湯船の忠治が腕組みをした。さしあたり今夜どっさりお酒をいただく。ことのついでに明日は大戸経由で、赤城山の山裾をうろついて帰ろうか。

▲鼻曲山　長野県北佐久郡軽井沢町・群馬県高崎市　標高一六五五メートル。霧積温泉（二時間二十分）鼻曲山（一時間五十分）小瀬温泉。二万五千分一地図「軽井沢」

▲浅間隠山　群馬県吾妻郡東吾妻町・長野原町　標高一七五六・八メートル。二度上峠（二時間）浅間隠山（二時間四十五分）鳩ノ湯温泉。二万五千分一地図「浅間隠山」

♨霧積温泉　群馬県安中市　碓氷川の支流、霧積川沿いの山峡に湧く。明治時代には湯治場として賑わった。現在は旅館一軒。信越本線横川駅からタクシー三十分。泉質／泉温＝石膏泉／三十九度。宿＝霧積温泉金湯館☎〇二七－三九五－三八五一へ。

♨小瀬温泉　長野県北佐久郡軽井沢町　軽井沢の北、湯川上流の小瀬川のほとりに位置する。周辺の渓谷が美しい。宿はホテル一軒。北陸新幹線軽井沢駅から草軽交通バス十六分、小瀬温泉下車。泉質／泉温＝弱アルカリ性単純温泉／四十八度。宿＝小瀬温泉ホテル☎〇二六七－四二－三〇〇〇。

♨鳩ノ湯温泉　群馬県吾妻郡東吾妻町　浅間隠山北麓、温川上流に位置する静かな温泉。宿は旅館一軒。吾妻線群馬原町駅から関越交通バス三十五分清水下車、徒歩五分。泉質／泉温＝炭酸食塩泉／四十二度。宿＝鳩ノ湯温泉三鳩樓☎〇二七九－六九－二四二一。

鼻曲山山頂で

八甲田山

むかし、八甲田に仙人がいた。むかしといっても、そんなに遠いむかしではない。「高度成長」とやらが口にされはじめた頃のこと。金儲けに狂奔する世の中にイヤ気がさしたのか、ひとり山にこもった。好みの山があった。

「どこですか？」

城ヶ倉温泉の支配人は背が高く、手足が長い。顔も長い。八甲田のことなら何でも知っている。ご当人自身、半分がた仙人じみている。

「風呂あがりの散歩にいいですよ」

大きな湯船と露天風呂とがガラス一枚で仕切られていて、前方は広い草地、それがそのまま大きな山へつづいている。裸になると、ちっぽけなわが身ひとつが地球上におっぽり出された感じで、なんとも心細い。お湯にすがりつくように沈んでいた、それから全身もみじ色になって這い出てきた。

古い紀行記に「酸ヶ湯の仙人」が出てくる。バスが着くと高々とラッパを吹き鳴らして歓迎した。歳をとってから愛した山が石倉岳だ。城ヶ倉から猿倉に向かう途中の左手、少し奥まったところに赤い鳥居がたっている。これが目じるし。八甲田山は数かぎりない峠や沼や湿原をもっているが、そのなかで石倉岳は例外的に岩山である。巨大な岩が突兀《とっこつ》として重なりあっている。さすが仙人が愛しただけのことはあって、一歩ごとに展望がひらけ、三十分たらずで天地をひとり占めしたような大岩の上にとび出した。

「ウーム……」

景観があまりに雄大だと、形容のことばが見つからない、ただ大息ついてうなっている。南八甲田の駒ヶ峰、櫛ヶ峰、乗鞍岳、左手が猿倉温泉、その前方がひろびろとした仙人平。

「やっぱしなァ」

道案内の支配人に、ひとり合点してうなずいた。

「いいところでしょう」

「俗人には立派すぎます」

あらためて気がついたが、仙人は人篇に山、俗人は人篇に谷と書く。身の位置と心の高さが仙と俗とをわかつようだ。

この夜は猿倉温泉に泊った。浴室の一方が横長の一枚ガラスで、パノラマを眺めるぐあいだ。お湯は白濁していて、そこに首だけが浮いている。木組みの天井が塔のように高く、湯気がもつれ合いながら、ゆっくりと昇っていく。眺めている自分もまたパノラマの一点であって、うっかりすると湯気につつまれて昇天しかねない。

夢見ごこちで出てくると、金髪に青い目、いかにも健康そうな娘が、キリリと絣《かすり》の上下を着てニコニコしている。

「オ食事、ドウゾ」

「……」

まだ夢のつづきを見ているようだ。名前をたずねると「キャシィ」といった。キャサリンかもしれない。

「たしかキャサリン・ヘップバーンという女優がいたなァ」

山深い青森の宿で、そのかみのハリウッド女優を思い出すとはおもわなかった。

ニュージーランドのお嬢さんで、アルバイトにきている。こちらの冬は、あちらの夏だ。帰ると緑の野と、眩しい太陽が待っている。

「私どもも家族そろって参ります」

猿倉の主人は根っからの国際人だ。冬の休みは奥さんともども南半球の海にもぐって写真を撮っている。人篇に谷が幅をきかせるわが国の、チマチマした慣習にとらわれないところが気持ちいい。


翌朝は快晴。風が強い。ロープウェイ山頂駅から歩きだした。

「この字は何と読むのですか?」

案内役のいちのへ義孝さんの背中ごしに、小学生のような質問をした。「萢」、つまり草かんむりに泡の字。

「ヤチで……」

あとのところが聞きとれない。いちのへさんは生粋の青森の人。開口一番、自分は標準語で通しますとおっしゃったが、その標準語がかなり独特である。

「ヤチデ?」

「ヤチと……」

「ヤチト？」

風の中で押し問答をした。最終的に「ヤチ」と判明。字づらの示すように、泡の上に草が生えたような湿地帯。広大な山容と、雪や風や太陽が、何千年がかりでつくり出した。

どこまでも歩道の板がつづいている。そこを足でリズムをとりながら歩いていく。耳の横で風が渦巻いて、湿地の枯れ草がいっせいに波打っている。水のたまったところが地にひらいた目玉のようだ。

赤倉岳の東の側面は切り立った崖になっていて、海からの風がぶつかるのだろう、もうもうと霧が湧き立っている。細い尾根づたいに井戸岳の噴火口をめぐっていると、突風でからだが浮いた。

「あ……も……き……」

いちのへ標準語も風に吹きとばされて、なおのことわからない。足元に気をつけろということらしい。いちのへ義孝さんは山の写真家として知られている。雪穴に一週間こもって朝焼けの山頂を撮ることもある。風の扱いにもコツがあるのだろう、同じ吹きさらしの中に立っているのに、また私よりずっと細身のからだなのに、カメラを構えた姿勢がピタリときまって動かない。突風をこともなげにやりすごす。こちらひとり、右や左によろけながら避難小屋から大岳を、鼻息あらく往復した。

酸ヶ湯にモダンな新館ができたが、大湯の風景はついぞ変わらない。巨大な湯けむりのなかに男女とりまぜて数十の裸がやすんでいる。大半が湯船のふちにお尻をのせてボンヤリしている。あるいは呆然としている。ときおり思い出したように湯につかるが、すぐまたもとの姿勢にもどる。

しかし、人間はどこであれ、それぞれの個性に応じ努力するものらしい。勤勉と研鑽を欠かさない。仔細に眺めていると――これは男性群の場合だが――視線の方向性と集中度に、ある種の傾向といったものが認められる。片寄りといってもいい。それが何によって生じ、時間とともにどのような変化をおびるものか、おおよそ究明できないでもないような気がしたが、その前にこちらの頭がノボせてきて、湯煙の外へこぼれ出た。

広い玄関に人があふれている。全員が息をのんで外を見つめているのが異様である。半開きの傘をもったままの人もいる。午後まだ早いのにあたりは夜のように暗く、前の広場がまっ白に変わっていた。

雪ではなく雹だった。こちらがのんびりと湯の中で人間の視線と特性にまつわり、あらぬことを考えているあいだ、天地にわかにかきくもり、激しい雹がみまったらしい。ところどころは厚い層をなして積もっている。やがて黒雲が二つにひらいて明るさがもどってきた。避難していた車が氷片をはねとばしながら、つぎつぎと走り出した。

蔦《つた》温泉にも新館と新しい風呂ができていた。せっかくだから新旧両方につからせてもらった。どちらもブナとヒバ材をふんだんに使って、木づくりのマジック・ボックスに入ったぐあいだ。からだがヘナヘナとゆるみ、とろけていく。いつのまにか、手のひらがシワシワ。早朝から強風にもまれ、汗をしぼり、下りてきては念入りに湯につかったので体内の水気が失せたらしい。水気とともに五欲も失せた感じで、すでに神仙に近づいている。中国の古書にあるとおり、五欲を制するのが仙人のはじまりなのだ。

幼いころに読んだ『西遊記』を思い出した。孫悟空が魔王の金角大王、銀角大王と術くらべをするくだり。そのあと仙人中の仙人といわれる老君じいさんが登場する。じいさんはひょうたんに魔王を吸いこませて、どろどろに溶かしてしまった。それからさかさまにして息をふきかけると、溶けていたのがまた生きかえった。神仙の域に達すると、生死また自由自在、仙そのものがすなわち術であって、かつは妖であり、幻である。つまりは、人為をこえたものだ。

民宿「又兵衛」に着くと、菅原光二さんが待っていた。十和田市在のナチュラリストは、撮りだめた膨大な写真から『日本フィールド博物記』をつくったばかり。風格のある白髪がうしろになびいて、はやくも老君じいさんのおもざしである。

夜のごちそうはキノコ鍋。ムキタケ、ナラタケ、アミタケ、キヌメリガサ、ハナビラタケ、クヌギタケ、ハナイグチ、ハツタケ……。すべて又兵衛一家が手ずから採ってきた。大地に生え出すキノコの変化《へんげ》自在ぶりはどうだろう。まったく途方もない。そのかたちからして、どこやら魔性をおびており、なんともたのしい植物界の魑魅魍魎《ちみもうりょう》というものだ。いろりにのった鉄鍋のなかで躍りあがり、バッコしている。そいつをつまみとって、パクリと腹に収める。いちのへ仙人、老君じいさんともども、習いたての仙術並びに秘蔵の金丹水を駆使して、あまさずきれいに溶かしてしまった。

又兵衛当主は尺八の名手でもある。この夜、二本目の一升瓶がカラになるころ、山麓一帯に喨々《りょうりょう》と尺八の音色が流れた。なるほど、八甲田には尺八がよくにあう。

▲八甲田山　青森県青森市　標高一五八四・五メートル（大岳）。八甲田ロープウェイ山頂公園駅から二時間五十分。二万五千分一地図「八甲田山」

♨城ヶ倉温泉　青森県青森市　八甲田山の西麓、樹林に囲まれた静かな温泉。宿はホテル一軒。東北本線青森駅からJRバス一時間城ヶ倉温泉下車。泉質／泉温＝弱アルカリ性単純温泉／四十三〜六十四度。宿＝ホテル城ヶ倉☎〇一七－七三八－〇六五八。

♨猿倉温泉　青森県上北郡十和田湖町　八甲田山南麓、八甲田と奥入瀬を結ぶ国道近くにある、湯量豊富な温泉。宿は旅館が一軒。青森駅からJRバス一時間十五分猿倉温泉下車。泉質／泉温＝硫化水素泉／八十七度。宿＝猿倉温泉（四月下旬〜十月末営業）☎〇八〇－五二二七－一二九六。

♨酸ヶ湯温泉　青森県青森市　八甲田・大岳の西中腹、標高九〇〇メートル。宿は古くから湯治に利用された旅館一軒と系列のホテル一軒。青森駅からJRバス一時間十分酸ヶ湯温泉下車。泉質／泉温＝酸性硫化水素泉など／四十八〜六十四度。宿＝酸ヶ湯温泉☎〇一七－七三八－六四〇〇。

♨蔦温泉　青森県上北郡十和田湖町　南八甲田の東麓、ブナ林に囲まれた一軒宿。大町桂月が晩年を過ごした。青森駅からJRバス一時間三十五分蔦温泉前下車。泉質／泉温＝単純温泉、硫酸塩泉／四十七度。宿＝蔦温泉旅館☎〇一七六－七四－二三一一。

八甲田山・石倉岳

雲と口笛

峠の山道

かつて日本海軍は軍艦を名づけるのに山名を用いた。軍艦赤城、軍艦榛名といったぐあいだ。妙義も荒船も使われたらしい。武尊《ほたか》なども軍艦にうってつけだ。どうして上州の山が多いのかはわからないが、深田久弥よりもずっと前に、あれこれ日本百名山を思案した人々がいたわけだ。

浅間とか阿蘇は、たぶんリストから除かれただろう。火や煙をふいているのは、軍艦が沈没するときの姿を思わせてヨロシクない。月山や至仏山や大菩薩も外すとしよう。あの世を連想させて縁起が悪いのだ。白山や白馬なども見送ろう。なるほど、美しい名前ではあるが、多少とも男らしさに欠けるところがある――。

そのうち、山名システムは捨てられた。これはこれで、けっこうむずかしいことに気づいたからではなかろうか。

男っぽく、ドッシリしている、上信国境には、そんな山々がつづいている。裾が大きく、そこに山がかさなり合って峠をつくっている。そんな地形が海軍幹部を喜ばせたが、旅行者は難儀した。碓氷峠は中山道《なかせんどう》きっての難所だった。近代の機械革命をもってしても列車がのぼりきれない。アプト式という風変わりなリレー形式をとって、あえぎあえぎ峠を越えた。おかげでつい先だってまで、峠の茶屋といった宿場のなごりが健在だった。

南の十国峠を皮きりに、峯と峠がかわるがわるあらわれる。荒船山、碓氷峠、浅間山、鳥居峠、四阿山《あずまや》、草津峠、白根山……。浅間の二五六〇メートルを筆頭に、標高はせいぜい二千メートル前後であって登りやすい。峠越えの人々が足で開いた道は、からだの生理に合っている。同じ境界をいうのに「上信国境」が、なにかしらひびきがよくて意味深い気がするのは、つねづね、ある思いをこめて口にされてきたせいではあるまいか。ここを通過した人々は肌で感じとったにちがいない。あきらかに「国境」があって、ほんの一歩でガラリと雰囲気が変わるのだ。峠にきてなにげなく前方を見るなりハッとする。振り返り、また前を見た。自分が目に見えない境界を越えているのを実感する。

妙義と荒船、一方は針を並べたようにトゲ立っており、もう一方は陸に乗り上げた軍艦だ。さらに浅間を加えて、三点を線で結ぶと、どうだろう。そのちょうどまん中に碓氷峠がある。峠というものがいかに微妙な位置にあるかがよくわかる。

晩春のある日、私は富岡街道から内山峠に出て荒船山に登った。弓なりの笹原を下り、そのあと岩塊にとりつく。軍艦でいうと、そそり立った後尾部をよじ登るぐあいで、目の下に熊倉峠、さらに神津《こうづ》牧場につづく物見山の高原がひろがっていた。信州側は凧《たこ》の峯、上州側は物語山と、どうしてだか、たのしい名前がついている。

上は象の背中のように大きく、南の円錐状が山頂になっている。北から西にかけては北アルプスが白いノコギリの歯のようにつらなっていた。南は一転して黒木の山ばかりで、それがうちかさなり、いっせいに若葉をつけ、めまいを覚えるような眺めだった。淡い黄色をおびた笹原が金色のしま模様をつくっていた。

京塚山をまわって星尾峠に下り、カラマツ林を下ってくると古いお堂があった。荒船不動尊である。あたりの高原は戦後の開拓らしいが、すでに半世紀をへて、いかにも落ち着いた里山の風景をつくっている。それから沢沿いの道を歩いて初谷《しょや》温泉へ行った。小さな鉱泉宿で、つい最近まで宿の人が薪を割り、湯をわかしていたそうだ。いまでも宿全体にうっすらと煙突の煙がただよっている風情がある。湯は少し赤っぽい。湯あがりにフキみそでビールを飲んだ。疲れたからだにしみとおって、気が遠くなるほどうまかった。

初谷のバス停に出ると、「孝勇亀松之墓」があった。親孝行をつくした亀松という少年の墓だという。どんな少年で、どのような孝行をつくし、それがいかにして世に知られたのか。どうして山深い街道沿いに墓がつくられたのか、まるっきりわからない。ただ墓だけがひとつのナゾとしてのこっていて、ポカポカした春の陽気を浴びていた。

いまはコスモス街道などと呼ばれているが、富岡街道はその名のとおり、上州富岡と信州を結んでいる。絹の道の一つであって、いちめんの桑畑のあいだを、織り子たちや織物商人がしきりに往来した。

上州側の三ツ瀬から神津牧場への道がのびていて、ひところ人気のコースだった。牧場がアルプスの夢をよびおこした。羊飼いや牧夫になって一生を送るのも悪くない。大学受験に落ちこぼれてくると、そんなことをいいだした。そして夏期特別講習をさぼって、リュックをかついでやってきた。

信州・志賀村に神津氏という豪家があって、物見山の東の山麓にヨーロッパ風の牧場をひらいた。明治半ばのことで、わが国最初の近代的な牧場にあたる。いいところに目をつけた。北の和美峠を越すとすぐ軽井沢で、しぼりたての牛乳や自家製のアイスクリームを避暑客に提供できる。バターやチーズも出荷できる。南は荒船山で、若い人がハイキングにやってくる。

一面の牧草地にカラマツがちらばっていた。いくつもの窪地があって、そこに谷川が走っている。サイロと牛舎、牧夫小屋、チーズ工場。どの建物もどっしりとした山家風で、ずっとあとで知ったのだが、アルプスや北イタリアの農家の造りとそっくりである。まねをしたというのではなく、風土に合わせた工夫をしていくうちに、同じスタイルになっていったのだろう。

牛がモーと鳴いていた。間抜けた声がのんびりしている。『アルプスの少女』に出てくる利口そうなコリー種の犬もいた。しかし、聞いてみると、牧夫の仕事は秣《まぐさ》切り、牛の世話、乳しぼり、チーズづくりと、けっこう忙しい。ミレーの絵のように羊番の犬とともに歩きまわっているだけではないのである。それに、あねさんかぶりの色の黒いおばさんはいたが、ハイジのような少女はいなかった。ニュームのバケツからガラスのジョッキに牛乳をついでもらって一気に呑みほした。それで全身の飢えが満たされたような気がして牧夫志願は打ち切りにした。物見山に登ると、その名のとおり、おそろしく展望がいい。北アルプスから八ヶ岳、蓼科山、浅間山、さらに秩父の山々が見わたせる。それから尾根づたいに八風山を駆け抜け、大平林道を下って軽井沢に出た。

碓氷峠と鳥居峠と草津峠を線で結ぶとどうなるか。この三角には鼻曲山、黒斑《くろふ》山、浅間山、浅間隠山、籠ノ登山、湯ノ丸山、四阿山、白根山などがほぼ収まる。さらに渋峠を越えると岩菅山だ。野反《のぞり》湖をはさんで白砂山。

浅間と白根は、いまも噴煙をあげている。黒斑山も籠ノ登山も湯ノ丸山も四阿山も、もとは火山だった。遠い昔、上信国境は何本もの火柱を噴き上げ、のべつ大地がとどろいていた。それはなんとも壮絶きわまる風景だったにちがいない。

どの山も火山に特有の、のびのびしたスロープをもっている。そこに人が住みつき、山野をひらいてきた。私はこんな山が好きだ。のぼりはじめは樹々のある山麓か谷間で、ついで山の畑、森や林、草地、カラマツ林、笹原、シラカバと、高度が上がるにつれて山容が変わっていく。人間の領域から獣の領分、動物帯から植物帯、ついで鉱物帯だ。のぼるとともに黒っぽい岩場があらわれる。

火山脈なので、あちこちに温泉がある。鼻曲山には霧積温泉、浅間隠山には薬師温泉と鳩ノ湯。浅間山には東に小瀬、西に菱野温泉が控えて、おつきの侍女のように待機している。

あるとき、地蔵峠から高峰温泉をめざした。途中、籠ノ登山と水ノ塔山をまわっていく。お湯につかる前にひと汗流すぐあいで、ちょうどいい遠まわりだ。そんな心づもりで歩きだしたが、あいにくのお天気で、朝からしとしとと雨が降っていた。ゆるやかなカラマツ林を抜けると草地に出た。鳥たちには雨はとりたてて不都合ではないらしく、しきりにカッコウが鳴いていた。ウグイスの声も聞こえた。シラカバの幹が雨にぬれそぼって目を射るように白々としていた。雨の日はそれなりに、またべつのよろこびを用意してくれる。

そののち雨はやんだ。かわって猛烈な霧になった。自分の足元もおぼつかないほどで、やっと標識を探しあて、木橋づたいに三方《みかた》ヶ峰に向ったはずが、ちっともいきつかない。気がつくと元のところにもどっていた。首をひねりながら、またもや同じ木橋を這うようにすすんでいった。

地理学では「プラトー」というらしい。英語の「テーブルランド」をあてたりする。火の山が生み出したいたずらで、大きな山の肩がテーブル状にはり出している。そこにいくつもの谷がえぐれ、その谷あいから、とめどなく霧が湧いてくる。三方ヶ峰というとおり、晴れた日は東・南・西が一望にのぞめるはずだが、ただ一面の霧ばかり、太い帯状に池塘を覆い、風にあおられると濃淡二色の模様をつくって、巨大なヘビのようにうねうねとすべっていく。

岩場にコマクサが咲いていた。霧のなかでは、なおのこと可憐である。ぬれネズミになって兎平の休憩所にとびこんだら、管理人の青年が目を丸くした。濃霧のため林道は車輛通行禁止。こんななかに登ってくる人がいるとは思わなかったらしい。

「まもなく上がりますよ」

そんな声に励まされて籠ノ登山に向かったが、いっこうに晴れない。山頂の砂礫がたっぷり水を含んでいて、自分の足跡がくっきりとのこっていく。水ノ塔山をまわったころ、空が白みはじめ、ついで一気に晴れ間がのぞいた。目の前に浅間山の巨体がせり出してくる。天地創造に立ち会ったような壮麗な一瞬だった。

高峰温泉は二千メートル近い高地にある。親子して山荘風のいい宿をこしらえあげた。ランプの明かりで風呂に入る。ふと気がつくと、目の下に雲海がひろがっていた。夕映えを受けて雲のあたまが赤や紫の水晶のように光っている。まるで夢をみているようなここちがした。そういえば雨と霧のなかを歩いてきたことも、ひとつながりの白昼夢のような気がした。風呂からあがると、腹と背中がくっつくほどの空腹を覚え、食事どきまで待ちきれない。食パンに手づくりのジャムを盛りあげたのをいただいた。頭は優雅に夢見ても、胃腸はついぞ現実を忘れようとしないのだ。

地蔵峠を北に下ると鹿沢《かざわ》温泉だ。以前は何軒かの宿があったらしいが、現在は一軒きりが頑張っている。半地下のようなお風呂の壁いちめんに銀色のレリーフがつけてあって、不思議な凹凸が淡い明かりの下にぼんやりと浮いてみえ、多少ともへんなぐあいである。旧館は白い障子に黒い柱。裏の軒に玉ねぎがずらりとつるしてあった。昔は屋根に丸石を並べていたそうだ。スロベニアの山地やドロミテの村では、いまも丸石を納屋などに使っている。気候や風のぐあいが似ているのかもしれない。

もうすっかり見なくなったが、以前は「やまね」という二十日ネズミほどの動物がいたそうだ。哺乳類のなかで唯一冬眠をする変わり種だという。

春になるとレンゲツツジが湯ノ丸山の山肌を埋める。夏はユウスゲ、まわりの高原にはサクラソウやスズラン、アツモリソウが咲きみだれる。カラマツソウ、シモツケソウ。クロマメノキの群落があって、実をあつめるとジャムがつくれる。シロップもつくれる。ブドウに似た味だそうだが、手間がかかるのでつくる人もいなくなった。

私はそのとき、角間《かくま》峠を抜けて信州側の角間温泉へ行く途中だった。笹原に一筋、しっかりした小道がつづいていた。上信間の早道であって、街道づたいだと四辺形の三辺をいかなくてはならないのが、ほんの一辺だけでいい。足がつくった道のつねだが、ゆるい斜面をのぼっていったかとおもうと、急に折れ曲がって岩場を下っていったりする。角間峠に近いところに「猿飛佐助修業之地」の碑があった。真偽はむろん、保障のかぎりではない。修業者が住みついたことがあって、それが真田藩上田の郊外、その名も真田町の温泉で、あれこれとりざたされたのではあるまいか。そのうち話し上手が尾ひれをつけて猿飛佐助にしたてあげた。以来、語りつがれて、もはや疑う余地などないのである。

角間は山中の一軒宿で、いかにも修業者が骨休めにきそうなところだ。軒下を角間川が勢いよく流れ下っていく。一カ所だけ深く淀んだところがあって、そこがアカハライモリの棲みかだそうだ。湯で一緒になったじいさんは、確信をもっていうのだった。腹が赤と黒の極彩色で、いかにも不気味だが、それは見せかけ。性格はいたって温和な上にのろまであって、ドジョウにまでバカにされる。

「ドジョウがバカにするのですか？」

「ああ、するナ」

どのような確証があるのか、じいさんは断乎としていった。ドジョウにいたずらされてもアカハライモリは、のそのそ逃げまわるだけだそうだ。

たいていは肢をだらりと下げて、ぼんやりと水に浮いている。

「何を食べて生きているのでしょう？」

「オタマジャクシだ」

意外な回答である。オタマジャクシはカエルの子であって、ほんのいっときしかいないわけだから、カエルになってしまったらどうするのか。それでもアカハライモリはのんき者であって、そこまでは考えてないのだろうか。

「なにごとにも無方針だからナ」

餌に出くわすと、アカハライモリはまるで無方針でパクリとやる。目で見定めて呑みこむのでないから、同じ餌を見つけてやってきた仲間の肢をくわえこむことがある。肢だから胴につづいているが、そんなことに頓着なく、いちどくわえたら是が非でもはなそうとしない。そんな愚かしい生き物だが、「井守」と書くように、じっと川の水を守っている。ずいぶんと永く生きる。

トツトツとした話し方だが、独特の調子があって、おもわず聴き惚れてた。じいさんはおわりに湯を両手ですくって顔を洗うと、五分刈りの白髪あたまをひとつピシャリとやってから、バカなやつだが大切な守り神だといった。たぶん、これまでも湯治の退屈しのぎに、いろんな人に話してきたのだろう。そのうち川っぺりに「千年イモリ棲息之碑」が建つかもしれない。

鳥居峠からは一路下りになる。吾妻《あがつま》川の谷に降りてから、今度は嬬恋《つまごい》村の広大な高原をどこまでも上がっていく。バスに乗っている間、私はいつも何度となく、うしろを振り返る。うまくいくと四阿の山頂がのぞくからだ。これを「あずまや」と読むのはむずかしい。四方に柱のある屋根だけの休憩所のことで、山の形が似ているからだというが、上州側からだと、そんなふうに見えないので、きっと信州人の命名だろう。上州では吾妻山、この山から流れ出る川が吾妻川。東側が吾妻郡で、そこから嬬恋といったやさしげな村が生まれた。

神話によると、ヤマトタケルノミコトが東征からもどり、鳥居峠に立って東を振り返り、オトタチバナヒメをしのんで、「吾妻はや」と嘆いたという。そこから名がついたのだそうだ。信州が即物的なのに対して上州側はいたってロマンチックである。理由はわからない。

上信国境の山並みは、わが国のほぼ中央にあたる。ドイツ語でいう〈ミッテルゲビルゲ（中央山系）〉である。国土のなかのそんな象徴的な位置が、ヤマトタケルノミコトとオトタチバナヒメの意味深い神話を生み出したのではなかろうか。

とくに春から夏にかけてがいい。上信国境の錯綜した山地は、いろんな風景を隠している。適度に不便なので、ワンサと人が押しかけてくる恐れもない。天気がいいと風が強く、大気がガラスのように澄んでいる。これは長大な分水山脈のつらなりだ。南の神流《かんな》川や西牧川、南牧川にはじまって、無数の川が東西に走り出る。そこにはのろまなアカハライモリもいれば、すばしっこいハヤもいる。尾根を下り、草の斜面を下ってくると、林やヤブ、小川、また山の畑が迎えてくれる。里山に降り立つ、あのときのやすらぎがいい。そして、そこにはきっと湯煙の立つ宿がある。

▲**荒船山**　群馬県下仁田町・甘楽郡南牧村・長野県佐久市　標高一四二二・七メートル（京塚山）。内山峠（二時間三十五分）京塚山（二時間十五分）初谷温泉。二万五千分一地図「荒船山」

▲**籠ノ登山・水ノ塔山**　群馬県吾妻郡嬬恋村・長野県東御市　標高二二二七・九メートル（籠ノ登山）／二二〇二メートル（水ノ塔山）。地蔵峠（二時間五十五分）籠ノ登山（四十五分）水ノ塔山（四十分）高峰温泉。二万五千分一地図「嬬恋田代」「車坂峠」

♨**初谷温泉**　長野県佐久市　荒船山の北西、内山峠の長野県側の内山川上流に湧く。宿は旅館が一軒。小海線中込駅から千曲バス三十五分初谷下車後徒歩二十分。泉質／泉温＝重曹泉／十五度。宿＝初谷温泉☎〇二六七－六五－二二二一。

♨**高峰温泉**　長野県小諸市　浅間連山の一つ、高峰山の頂上部、標高二〇〇〇メートルの高所に位置する山の湯。宿は旅館一軒。北陸新幹線佐久平駅からバス一時間高峰温泉下車（冬季はアサマ2000スキー場から送迎あり）。泉質／泉温＝石膏重曹硫黄泉／二十六・二度。宿＝高峰温泉☎〇二六七－二五－二〇〇〇。

♨**鹿沢温泉**　群馬県吾妻郡嬬恋村　上信国境・湯ノ丸山の北東麓、湯尻川沿いに湧く山の湯。宿は旅館一軒。下流に国民休暇村、さらに新鹿沢温泉（旅館四軒）がある。吾妻線万座鹿沢口駅からタクシー三十分。泉質／泉温＝土類重曹泉／四十七度。宿＝紅葉館☎〇二七九－九八－〇四二一。

♨**角間温泉**　長野県上田市　湯ノ丸山の北西麓、角間渓谷沿いのいで湯。宿は旅館一軒。北陸新幹線上田駅から上田バス三十分真田下車後徒歩三十分。泉質／泉温＝単純炭酸泉／十八度。宿＝岩屋館☎〇二六八－七二－二三二三（二〇二〇年二月現在、台風被害により休業中）。

霧の早池峯山

夕方、岳《たけ》に着いた。早池峯《はやちね》のどんづまり、バス道をはさんで十軒ばかりが小さな集落をつくっている。それぞれ久保坊、日向坊、和泉坊、大和坊といった古風な看板をかかげているのは、昔からお山入りの宿坊でもあったからだ。いまは名を変えて民宿村。すぐしも手が岳川で、川霞が音もなく這い昇ってくる。

橋の上に立って西方をにらんだが、お山は見えない。集落全体が深い霧につつまれていて、明かりだけが点々と浮いている。山裾の杉木立のなかから三角形をした異様なものが突き出ていた。近づいてみると巨大な宝剣で、コンクリートの台座の上に天を刺すようにして、ヤマトタケルノミコトが腰に下げていたような剣が突っ立っている。「岩手国体記念」の銘があって、千三百キロの重量をもち、三十年ばかり前の建立。「所得倍増」のかけ声のもとに、国中がわき立っていたころの置き土産である。かたわらにひっそりと「縣社早池峯神社」の石柱が立っている。参道の奥はまっ暗で、何も見えない。

「これは？」

「ウルイ」

「これは？」

「シオデ」

民宿の夕食は山菜づくしだ。名前を聞いたが、どれもふしぎな暗号のようで、聞いたはたから忘れていく。ウルイには黒ゴマがかかっていて、ビールのお伴にちょうどいい。シオデは別名を「ヒデコ」といって、アスパラガスのような感じ。山菜の王様とかで、あまりとれないそうだ。

ご当主は早池峯山の管理員である。おそるおそるお天気ぐあいをたずねると、裏の窓から山筋をチラリとのぞいて、明日もまあ、こんなものだろうと断言した。

「こんなものですか」

「こんなものだナ」

禅問答のようにくり返した。道はしっかりしているから、登りだせばぞうさもない。下は雨でも、中腹辺りまでくるとカラリと晴れていたりするから、こればかりはのぼってみないとわからない。沢が増水しているかもしれないが、まあ、たいしたことはないだろう――。

いたっておうような先生から、ごく大まかな指導を受けた。先日、若い娘が沢に落ちたが、そのまま登っていって「自熱」で衣服を乾かしたとか。

「若い娘は若いからなァ」

あいかわらず禅問答をつづけながら、ビールのおかわり。

翌朝、車で河原坊《かわらのぼう》まで送ってもらった。遠い昔、快賢という僧が奥州巡歴のみぎり、この河原に一寺を建て「河原ノ坊」と称した。そのお堂が大水で押し流されたのが宝治元（一二四七）年というから古いはなしだ。

ミズナラ、クリ、ブナ、カエデ。霧の中に古木がそびえている。しんとしずまり返ったなかに川音だけがこもるようにひびいている。以前はここで水垢離をとり、新しいわらじとはきかえた。故事にならって、しみるような緑の下で登山靴の紐をしめ直した。

わたくしは水音から洗はれながら

この伏流の巨きな大理石の転石に寝やう
宮沢賢治は民譚集「山脚の黎明」のなかで、この河原坊をうたっている。
それはつめたい卓子だ
じつにつめたく斜面になって稜もある
何度か地質調査にやってきた。「月のきれいな円光が／楢の梢にかくされる」と述べているから、夜もかまわず歩いていたのだろう。月が真珠色をしていて、みそさざいが鳴いていて、左手の崖寄りに雲がのびていたという。

こゝは河原の坊だけれども
曾つてはこゝに棲んでゐた坊さんは
真言か天台かわからない
とにかく昔は谷がも少しこっちへ寄って
あゝいふ崖もあったのだらう
鳥がしきりに啼いてゐる
もう登らう

賢治さんにうながされて登りだした。

しっかりした道が樹林帯を縫っていく。古い案内図には「イタドリの丘」とあった。つづいて沢に出た。沢の名前がコメガモリ。かなり増水していて踏み石が水に沈んでいる。慎重に岩を選んで二度、三度と跳んだ。落っこちたら「自熱」で乾かせるほど若くないのだ。いちど肝を冷やしかけたが、それでもなんとかすり抜けた。岩があらわれた。イシバネといった意味不明の名がついている。つづいてがコウベゴウリ。「頭垢離」と書くらしい。かつて頭の形をした大岩があって、根かたから清水が流れ出ていた。そこで水垢離をとったので、こんなふうに呼ばれたというのだが、真偽のほどはわからない。しかつめらしい字をあてただけかもしれない。黒い岩の前で、小休止した。一度命名されると、辺りのたたずまいが、なぜかいかにもがコウベゴウリのような感じがするからふしぎである。

気がつくと、まわりの生態系がガラリと変化している。喬木帯から灌木帯にうつって、コメツガやハイマツがあらわれた。点々と黄色いのはキンロバイだろう。

白いのはハクサンシャクナゲ。ここはとりわけハヤチネウスユキソウで知られている。あたまに「ハヤチネ」をいただいているとおり、早池峯山の特産だ。となると、こっそり失敬していく不届き者があとをたたない。

根こそげ抜いて行くやうな人に限って
それを育てはしないのです

『花鳥図譜』の八月に早池峯山をあてて宮沢賢治が報告している。ほんとうの高山植物家なら、皿やシャーレをもってきて、目を細くして種子だけとっていくものだ。それをシャベル持参で、一貫ちかく掘りとっていくとは、おどろいた。

ぼくはこいつを趣味と見ない
営利のためと断ずるのだ

いいわけしてもダメ。自分でわかっているはずだ。ひとことといわれるだけで教養のあるひとなら「必ずぴたっと顔色がかはる」。

這うようにしてガレ場を登っていくと、ラクダの背のような尾根にとび出した。ほんのつかのまだが、風のかげんで霧が切れて展望がひらけた。目の下に深い緑が雄大に盛りあがっている。目をあげると、荒涼とした岩場。地質学的には古生層の残丘といわれるもので、たえまない浸蝕のあげく、巨大な蛇紋岩のかたまりがのこった。宮沢賢治は「高橋さんが云うんだよ」とことわって、説明をつけている。

何でも三紀のはじめ頃
北上山地が一つの島に残されて
それも殆んど海面近く、
開析されてしまったとき
この山などがその削剝の残丘だと

いわば最後の島だった。そのためナンブトラノオといった特殊な植物が、この山だけにはえている。

すぐに霧が立ちこめてくる。岩と霧とが一つにとけたなかを、四つん這いになって登っていった。垂直の散歩ってものだ。ゴザ走り岩は、いかにもゴザをしいて走ったようにすべすべしている。つづいては巨人が仁王立ちしたかのような岩がそびえていた。「打石《ぶついし》」といって、なんでも天狗が空を飛んでいて、うっかり頭をぶつけたそうだ。風が音をたてて吹きつけてくる。とおもうと不意にやんで、ただ白い霧だけがモヤモヤともつれ合って流れていく。

岩陰にからだを据えて、ひと息入れた。熱いお茶がしみるようにうまい。キャラメルを舐めながらボンヤリしていた。古い本には早池峯の山に分け入ったまま消息を絶った人のことが出ている。そんな人が天狗になったのかもしれない。天狗になるのも、まんざら悪くないのではあるまいか。空の散歩はお手のものだ。山峡で霧のタバコをふかしたり、お天気のいい日には尾根に寝ころんで雲に口笛を吹いていられる。下界が恋しくなったら山彦とはなしを交している。

早池峯山は旧名を東根《あずまね》岳といった。東子岳、東岳とも書いた。要するに東の山である。それがどうして早池峯になったのか? 山頂に小さな池があって、それがみるまに湧いたり、干上がったりする。河原ノ坊に寺を建てた快賢が、この池にちなんで早池峯と名づけたのがはじまり。

べつにアイヌ語源説がある。アイヌ語で「ア・シュマ・ヌブ」は「石の丘原」といった意味。山頂の北面に累々と白い岩が重なり合っている。アイヌの人々はその石に着目して命名した。それがハヤチネに転じた。

たしかに山頂には「開慶水」とよばれる小さな池がある。また北面には白い大石が畳々とかさなり合っている。池というより水たまりといった感じの神池よりも、壮大な白い石のつらなりのほうが名のはじまりにふさわしいような気がするが、その点についても何ともいえない。

本宮、若宮の二社が祀られていた。背後に白い剣が奉納してある。ご丁寧にドラムカンにコンクリートをつめて宝剣を押し立てた人もいれば、社員の健康と安全に加え、増収増益を祈願した欲ばりな社長もいる。

避難小屋の屋根にちかい窓に「冬期入口」の標示がついているのは、冬はそのあたりまで雪に埋もれるからだろう。板間にあぐらをくんで、おにぎりを食べていると、ゴトリと音がして戸が開いた。五十がらみの、いかにも山慣れした人で、入口ちかくにドッカと腰をおろすと、ソフトボールのように大きなにぎり飯にかぶりついた。盛岡在で、季節に一度はきっと早池峯にくる。この冬はずいぶん雪が多かった。春山で危うく遭難しかけたそうだ。固まった冬の雪に、やわらかい春の雪がつもると、何かのはずみで音もなく動きだす。

「田代平のすぐ上です」

南面の窪地に、いまも大きな残雪が見えるが、その手前の岩に腰を据えてタバコをふかしていたところ、目の前がフワリと動きはじめた。地表がズレる感じだった。

「じっさいに動くんですよ」

かじりかけの大きなおにぎりを横にゆっくりすべらせた。実際にまばたきするほどの短い時間のことで、雪面がやにわに大きく盛り上がり、西の崖にのしかかったかとおもうと、つぎには轟音をたてて落下した。そのあとしばらく、ワナワナと手足がふるえて立ち上がれなかったそうだ。

「それでも山は懲りませんか」

「早池峯は、とてもいいお山ですからネ」

残雪は石のように固まっていて動きだすおそれはなかった。胎内くぐりをすぎると「天狗の滑り岩」とよばれる岩場で、鉄の梯子がとりつけてある。梯子から降り立ったところが、通称「龍ヶ馬場」。菅原隆太郎の労作『早池峯山』には、この近辺で何度か奇妙な爪跡を見たという古老の話が紹介されている。大正のころだというが、三度まで目撃した。

「さて私の実際見たところを申し上げますと、龍ヶ馬場の砂の上についていた爪跡は、深さ一寸五寸ぐらいで、鷹の爪のように内へ曲がっており……」

爪と爪のあいだは三寸ぐらいで左右とも三本ずつ、左右の股のあいだは一尺五寸ぐらいというから約五十センチ、前肢と後肢のあいだもほぼ同じ。ところどころ前後の爪跡が重なっているのよりすると、あきらかに四つ脚の動物だ。

「いろいろ想像すれば、身長六、七尺（約二メートル）もあるトカゲのようなものらしく思われます」

砂を蹴ちらしたようなところもあり、少し小ぶりの爪跡もあったから親子のようでもあり、あるいは二、三匹いるのかもしれない――。

賢治が地質調査にきていたのとほぼ同じころであって、そんな噂がひろまっていたのではなかろうか。詩「早池峯山巓」には、ナンブトラノオやハヤチネウスユキソウといった、この山にだけはえている植物があるように、動物のほうもやはりそうで、「最後の島」であったころ海を渡っていけなかったものが、いまもそっと棲息している――そんな考えをもった同僚が、ややユーモラスに語られている。

（一体どういふものなんでせう）

（哺乳類だといふんだね）

（猿か鹿かの類ですか）

（いゝや鼠と兎だと）

大将はすでに自費でワナ二十ばかりも買いこんで、山のあちこちに配置した。ぐるっとひとまわりするのに四時間ばかりかかるそうだ

その龍ヶ馬場をすぎ、ハイマツ帯を駆け下った。不思議なケモノに追われるように息せき切って岩を跳び、樹林に分け入り、つづいて木道をひた走り、二時間ちょっとで小田越《おだこえ》の林道にとび出した。


石の湯船がやわらかい。どこからともなく明かりが降ってくる。脱衣箱の前で、おばさん同士がはなしている。強い東北訛りで半分もわからない。

「そんなふうに入るものなのですか？」

はげ頭のじいさんが湯船のふちに両手でつかまって、その手に顎をのせている。

深いので、こうしているとラクなんだそうだ。鉛《なまり》温泉の石風呂は深いので知られている。まん中あたりは首まで沈んで、小柄な人ならおぼれかねない。

「この石は何でしょう?」

「サア、何かなァ」

ふちどりは大理石に似ている。長いこと湯に洗われてきたせいか、黒いオパールのような艶がある。

じいさんは滞在十日目、二週間の予定で気仙沼《けせんぬま》からきた。

「おひとりですか?」

「バアさんといっしょだナ」

いましがた上がっていった、頬ぺたのまっ赤な人がバアさまだった。

大きな楕円形のなかに男女とりまぜて七つばかりのからだが、浮いたり、沈んだり、寝そべったりしている。どれもよくぬくもっていて、頭から白い湯気を立てている。肥りぎみの女性はイワカガミのようにうす紅色。骨ばったおやじはミヤマリンドウのように紫っぽい。白髪の人がゼンマイのように背を丸めている。ゴマ塩頭が、甲羅干しをした亀のように首をつき出している。

「そういえば亀が森小学校というのがあった――」

早池峯の西かた、花巻に出る途中に見かけた。古風な木造二階建ての風格のある建物で、チラリと見ただけなのに、くっきりと目の底にやきついている。ドッと秋風が吹きだすと、ふらりと風の又三郎がやってきそうだ。

「フワワワワ、フワーイ」

はげ頭のじいさんが大あくびをした。あくびをし終わると、またもや両手の上に顎をのせて、目をつぶっている。風格のある、いい顔だ。温泉には、はげ頭がよく似合う。

岩手の人眼《まなこ》静かに、
鼻梁秀で、
おとがい堅固に張りて、
口方形なり。

（高村光太郎「岩手の人」）

詩人光太郎は彫刻もした。その目から見ると岩手の人は「沈深牛《ちんそうぎゅう》」のごとしだという。二つの角のあいだに天球をのせて立つ古代エジプトの石牛である。

　地を往きて走らず、
　企てて草卒ならず、
　つひにその成すべきを成す。

階段の上の廊下が休憩所を兼ねていて、ランプのような灯がともっている。のんびりした話し声がする。切れぎれの声が歌のように降ってくる。

お湯のなかでは思いのまま手がのばせる。足ものばせる。とたんに自分は手長猿になり、足で小枝につかまったぐあいだ。

「それで〈白猿の湯〉というのかナ」

昼間の疲労が泡のように消えていく。あとにはただ、ここちよい陶酔。

山から下りてきたばかりだというのに、また山へ帰りたくなった。東北の山はいい。彫りが深くて、どっしりしていて、大きく迫ってくる力がある。それに何よりも無口である。北アルプスもいいが、大山のわりには饒舌な感じがする。オツに澄ましたところがある。東北の山々は牛のように黙っている。無口だから何も告げないが、じつは照れ屋で、それで霧のマントをかぶりたがるのだろう。
ザブリと水音がして、ゴマ塩頭が湯から出た。年のわりには筋肉がたくましい。
その肩に手拭いをのせると、のっしのっしと歩いていった。

▲早池峯山　岩手県宮古市・遠野市・花巻市　標高一九一七メートル。河原坊コースは登山道崩落のため二〇二〇年四月現在通行止。河原坊から小田越コース経由三時間二十分。二万五千分一地図「早池峰山」

♨鉛温泉　岩手県花巻市　花巻温泉郷の一つで南部藩主も入湯した歴史のある温泉。豊沢川の渓流に面して一軒宿が建つ。東北本線花巻駅から岩手県交通バス三十二分鉛温泉下車。泉質／泉温＝単純硫化水素泉／四十五度。宿＝藤三旅館☎〇一九八－二五－二三一一。

鬼怒沼山

奥鬼怒へは四つの入り方がある。一つは片品川にそって上がり、丸沼経由で入るコースである。一つは日光湯元から金精《こんせい》峠を経て根名草《ねなくさ》山越えで入る。一つは鬼怒川をさかのぼり川俣温泉から女夫淵《めおとぶち》を経て入る。いま一つ——これを私はまだ歩いたことがないのだが——尾瀬から黒金林道づたいに鬼怒沼山をまわって奥鬼怒の谷に下る。

群馬と栃木と福島の県境にあり、新潟にも近い。ということは、かつて越後や上州や会津や下野の人々にとって、どこからも遠いところだった。山のかなたの辺境、ひそかな異界というものだ。「鬼怒」などといったオソロシげな字があてられるのは、その辺鄙さが平地の人々にあらぬ想像をかきたてたせいかもしれない。ここはまた辻まことが愛したところだった。

はじめてこの谷間に行ったのは、ある秋のはじめの日で、尾瀬から黒金林道を通って日の暮れ方に鬼怒沼山からの急坂を下って日光沢温泉の裏手に降りた。

（「奥鬼怒の谷のはなし」）

二十代のはじめで、時は昭和初年のころ。当時、鬼怒沼からの下りは今のようなしっかりしたジグザグ道ではなく、針金でつるした丸太の桟道を何度も渡った。オロオソロシ滝の音を耳にしながら這うようにして下ってきた。その夜は手白沢小屋に泊まったという。

これが皮切り。その後、辻まことはまるで自分の隠れ家を見つけたようにして奥鬼怒へやってきた。ムササビ射ち、イワナ釣り、スキーで縦横に駆けめぐる。奥鬼怒一帯は多くの沼や湿原をもつことからもわかるように雨が多く、冬は雪に埋もれる。自然の生理が旺盛で、奥深い地形と景観を隠している。そこのところが気に入ったのだろう。彼は奥鬼怒篇とでもいうべき一連の美しい画文のなかに数々の体験をかきのこした。

雪が消えるのを待って、私はいつも女夫淵から入る。要するに、これがいちばん入りやすいからだ。「奥鬼怒自然研究路」などといった、いかにもお役所好みの名前がついていて、ちょっとしたハイキング、むしろ昼下がりの散歩ってものだ。途中に滝があり、いくつもの沢が落ちている。注意してみると、沢沿いが鋭くえぐれ、木々が薙いだように一方に倒れていて、かつてはけっこう難路であったことがうかがえるのだ。イノマタ沢とかウスクボ平といった命名には、ここを生活圏とした人々の暮らしの匂いが感じられる。

八丁の湯、加仁《かに》湯、日光沢温泉、手白沢小屋。まるで遠い親戚をひそかに訪ねてきたぐあいだ。年々、変化があって、八丁の湯と加仁湯の変わり方には呆然とするほどだ。お湯ばかりは変わらないので、そっとつからせていただく。

日光沢の昔ながらのたたずまいを目にすると、ホッとする。玄関先が、いつも思案のしどころであって、この日のうちに鬼怒沼山を往復して、明日はのんびり湯びたりとするか。それとも先に湯を楽しんで、お山は翌朝、汗をしぼるための苦行とするか。

記憶に一つの風景がしみついている。月の光に照らされた鬼怒沼山の湿原。

ほんの一刷毛雪をつけた月夜の池溏は、この世ともおもえぬ美しさだ。秋の空は澄みきって一筋の雲もない。風もまったく眠っている。沈黙した天地にはさまれて、二人ともただ茫然としばらく立ち止まっていた。

（「鬼怒沼山」）

辻まことはそのとき、ハロルド・ライト君というアメリカ人と丸沼経由で入った。夜中に銃をかついで手白沢を出発。鬼怒沼山の急斜面にとりついたとき、月が出た。辻まことの本業は画家だったから、多くのケモノたちを描いているが、絵の中のムササビは両眼に月光を映して、きれいな金色の輪をはめている。

初夏は根名草山経由ときめている。金精トンネルの入口で山にとりつき、急坂を登ると三十分たらずで峠に出る。やにわに視界がひらけるあの一瞬がいい。朝もやのなかに男体《なんたい》山の三角錐が天を指している。いつもつい、ながながと腰をすえて見とれている。
根名草山の道は、昔は富次郎新道と呼ばれていた。八丁の湯の主人富次郎がほとんど独力で開いたからだ。辻まことは懐かしそうに書いている。

……彼は一斗の米をかついで山にはいっても、十日しかもたない豪傑で、樹の枝から枝へ飛移る名人。息子に「おらがトッチャンはまるでゴリラさ」と語らせる超人だった

（「根名草越え」）

若いころの辻まことは荷をかついでこの道を、一日に二往復したこともあるらしい。中年になって書いたエッセイによると、片道に四時間半もかかるようになってしまった。「自然の物差は誠に正確である」。
私はむろん、「自然の物差」派なので、ちっとも急がない。温泉ヶ岳の肩をまわると念仏平だ。根曲がり竹がいちめんにしげっていて歩きにくい。どうして「念仏平」などの名がついたのか。地形が複雑で、見通しが悪い原生林である。さすがの

富次郎もナタ目をつけながら念仏をとなえたそうだ。
根名草山の山頂に出るまでのあいだ、私は何度も何度も足をとめて東をうかがう。正面が高薙山、あいだに湯沢が急角度に落ちこんでいて、さらにいくつもの小さな沢に分かれる。お目当てはその景観ではない。見えるはずのない道を求めて、である。かつて辻まことがその道を求めた。雪が消えると深い熊笹や繁みに覆われるので、彼はわざわざ雪の中を金精峠からやってきた。

その前年の三月に、私は温泉岳から念仏平に這入り、途中から右へ張出した高薙山へ続く尾根から、北に拡がる真白な深く大きい圏谷を眺めた。

（「白い道」）

そして考えた。この谷からは、鬼怒川へ落ちこむ湯沢と手白沢の二筋の沢の源があるはずだ。いったん北にひろがった谷は両側からまた絞られて、北端で切れている。その東側に小さな白い三角があって、それが手白山だとすると、その切口は手白沢の滝の落口にちがいない。もし推察したとおりだとすると、かつてひと筋道が手白沢温泉をかすめていたのではあるまいか。

つまり辻まことは、鬼怒川源流の谷と日光湯元を結ぶ昔の道を考えていた。富次郎新道ができるずっと前、また西沢金山の採掘がはじまり、いまの噴泉塔の道が開かれる以前に、会津の檜枝岐《ひのえまた》から日光湯元へ出る道があったことを、彼は手白沢小屋の宮下老人から聞いていた。会津の人は鬼怒川の谷を越えて出稼ぎにやってきた。ずいぶん遠くからと思うのは現在の考え方で、当時は朝、檜枝岐を出て、その日のうちに湯元に着いた。会津は今とちがってずっと近かった。では、その古い道はどこにあったか。コザイケ沢の落口辺りで鬼怒川を渡ったらしいことはわかっているが、その前後は、まるでわからない。

「……私の頭の中には深い雪が、この荒々しい地形と乱茂する原生林を埋めたときに示す一本の真直ぐな白い道を感じることができた」

日光湯元から北へ登ると刈込湖に出る。さらに北が金田峠、東はオロクラ山。この山の東の裾を林道が走っていて、川俣温泉と結んでいる。途中にあるのが西沢金山跡だ。辻まことは金田峠からオロクラ山の山腹に出たとき、雪崩にあった。いのちは助かったが、リュックサックを失った。身一つで西沢金山の荒廃した鉱山事務所で過ごした夜は、まるで夢の風景を思わせる。

「……時々寒くなって眼をさまし薪をくべた。何度目かのとき窓を見ると晴れて月が出たらしく蒼々と光っていた」

煙でむせっぽくなったので、靴をはいて戸外に出たという。完全に沈黙している青い夜だった。そのとき、どこかから静かな鐘の音がした。耳を澄ませると、もはや聴こえない。火の前にもどり、無意識に緊張して耳を澄ませていると、また鐘の音がした。辻まことは立って、飯場の棟のほうに歩いていった。

「飯場を抜けたところに分教場があった。そこの軒につるされた鐘が、風がくるとその舌につけ下った縄を揺って冴えた音をたてるのだった」

根名草山の山頂は痩せ尾根づたいのコブのようなところで、展望がいい。尾瀬から燧《ひうち》ヶ岳、鬼怒沼の湿原、帝釈《たいしゃく》の山並み。ひととおり見終わると、私はコブに尻をのせて、あいかわらず東の方をながめている。高薙山が邪魔をして、辻まことが往き迷った門森沢は目にとどかないが、それでもやはり、静かな鐘の音が聴こえるような気がするからだ。深い沢の右岸の広大な針葉樹林帯を風がゆっくりかすめていく。

結局、辻まことは翌朝、雪の団子のようになって川俣温泉にころげ出た。山宿の主人は彼を服のまま崖ぎわのぬるい湯につけた。朝陽のさしてきた対岸の景色が鮮やかで、これはきっと忘れられないと思ったが、あとになってみると景色以上に、そう思ったことのほうが忘れられないことに気がついたそうだ。凍傷の足に熊のあぶらをぬってもらって、彼はそこに一週間いた。

根名草山頂から奥鬼怒の谷まで高度差約千メートル。コメツガとトウヒの原生林を下っていく。ひときわ高いのは大嵐山で、こちらもまた展望がいい。ただし猟師には「熊のアパート」として知られている辺りで、あまりのんびりもしていられない。倒木が多くて難儀する。

そのうち針葉樹が少なくなって、森が明るくなってくる。ついとばしすぎた罰で膝が笑いはじめるところだ。熊笹にかくれて何度も脚を撫でさすり、なだめてやらなくてはならない。ある年、私は手白沢への分岐点を見落として日光沢へ駆け下りたばかりに、泣きべそをかきながら膝を抱くようにしてブナ平を大まわりした。

辻まことが奥鬼怒を愛したのは深い谷間の自然とともに、そこに骨太い山の人々がいたからだ。手白沢小屋の宮下老人とお賀代おばさんを、彼は次のように書いている。

このすばらしい夫婦は、どういう理由でか都会を離脱して、この深い山奥で一生をおくる決意をした夫婦だった。……本当に立派な大人におもわれた。人間が自分の力でどこまで独立した王国を創れるかを、言葉ではなく、実践している姿を、私はここで生まれてはじめて見たのだった。

（「奥鬼怒の谷のはなし」）

奥鬼怒の宿はどこでもそうだが、温泉の湯量がおそろしくゆたかだ。ザアザア音をたててあふれている。露天風呂につけたとたん、膝の痛みがウソのように消え失せるのはどうしてだろう。まわりの森が霧を吐いている。その上に黒と紫をこきまぜたような夜空がひろがっている。となれば、湯の中で腕組みしてウソブきたくもなるというものだ。天下のぜいたく一人じめ。石川五右衛門なんざあ、チイセエチイセエー。

手白沢小屋の食堂の壁には、辻まこと描くところの宮下老人像がかかっている。知恵深い頭骨を示したような頭と、長い眉毛。口元がことばと笑いを噛みしめたぐあいだ。その下でお酒をいただきながら、私はたいていぼんやり考えている。明日はどちらに出たものか。鬼怒沼から物見山を経て大清水に出るのはどうか。なにしろ鬼怒川と片品川の分水嶺である。気分もまた微妙な平衡のなかでゆれている。となれば、いつまでもグズグズすわっているのはいただけないとは知りつつも、壁の宮下老に会釈して、あらためてもう一杯となるわけだ。

▲鬼怒沼山　栃木県日光市・群馬県利根郡片品村　標高二一四一・四メートル。日光沢温泉から三時間。二万五千分一地図「三平峠」「川俣温泉」

▲根名草山　栃木県日光市　標高二三三〇メートル。金精峠トンネル（三時間三十分）根名草山（二時間四十分）手白沢温泉。二万五千分一地図「川俣温泉」

♨奥鬼怒温泉郷　栃木県日光市　鬼怒沼山の東南麓、鬼怒川の水源地帯に位置する、八丁ノ湯、加仁湯、手白沢、日光沢の四湯の総称。いずれも一軒宿。問合せは、日光市役所☎〇二八八－二二－一一一一へ。

●八丁ノ湯　東武鉄道鬼怒川温泉駅から日光市営バス一時間三十五分女夫渕下車後徒歩一時間二十分（送迎車あり）。泉質／泉温＝硫黄泉／五十三度。宿＝八丁の湯☎〇二八八－九六－〇三〇六。

●加仁湯　鬼怒川温泉駅からバス一時間三十五分女夫渕下車後徒歩一時間三十分（送迎車あり）。泉質／泉温＝重曹泉／六十～七十四度。宿＝加仁湯☎〇二八八－九六－〇三一一。

●日光沢温泉　鬼怒川温泉駅からバス一時間三十五分女夫渕下車後徒歩一時間四十分。泉質／泉温＝硫黄泉／七十～八十度。宿＝日光沢温泉（不定休あり）☎〇二八八－九六－〇三一六。

●手白沢温泉　鬼怒川温泉駅からバス一時間三十五分女夫渕下車後徒歩二時間。泉質／泉温＝単純硫黄泉／五十五度。宿＝手白沢温泉☎〇二八八－九六－〇一五六。

♨川俣温泉　栃木県日光市　鬼怒川の上流、標高一〇〇〇メートルに位置する。平家落人伝説が残る山あいの温泉地。宿は旅館、民宿など六軒。東武鉄道鬼怒川温泉駅からバス一時間四十分川俣温泉下車。泉質／泉温＝アルカリ性単純温泉／四十九度。問合せは、日光市役所☎〇二八八－二二－一一一一へ。

安達太良連山

「ヘェー、白虎隊ねえ」

二本松駅からタクシーに乗ったら、妙な標識が目にとびこんできた。こんもりと繁った山の中腹に〈二本松白虎隊之墓〉があるという。運転手さんに確かめたところ、たしかにそのとおりで、戊辰《ぼしん》戦争に際して佐幕側についた二本松藩は官軍に攻め立てられた。落城のみぎり、少年隊が壮烈な戦死をとげた。

「知らなかったなあ。白虎隊は会津だとばかり思っていた」

「レキシのヒウンです」

〈歴史の悲運〉ということらしい。同じことをしても、世に名がのこる者と忘れられる者とがいる。運がどうころぶか、だれにもわからない。

「少年老いやすくですナ」

「……？」

しばらくしてわかった。少年もまた年とともに老いていって、いつまでも若くない。だから若いうちに、好きなことはしておかなくてはイカンという話になった。白虎隊との関連は不明だが、それなりに一理あることなので、あいまいにうなずいていると塩沢の登山口に着いた。天気予報は曇りのち大雨。幸いまだ黒雲が垂れこめているだけで崩れるまでにはいたっていない。その上空を見上げながら、リュックサックをゆすりあげて歩きだした。

めざすところは安達太良《あだたら》山系の肩にとまったくろがね小屋。千三百メートルの高所にある山小屋で温泉つき。塩沢口からだと三時間ちかい道のりである。少年老いやすく、温泉行もまたラクではない。日曜の午後のことで、下山してくる人はいるが、これから登ろうというのは当方ひとり。

渓流沿いのしっかりした道で、たえず川音が同行してくれる。途中に「馬返」という地名があるところをみると、昔は馬に乗って湯治にくる人もいたのかもしれない。つづいては三階滝、八幡滝。わき道を少し入ると霧降の滝というのもある。天地をふるわすようにして水音がとどろいている。地下足袋の一隊がスタスタと下ってきた。まだ幼なさの残った顔ばかりで、高校生のような娘もまじっている。私など地下足袋というと、すぐ土木工事を連想するのだが、同じ地下足袋でも、こちらは優雅な色をした細身のもので、渓流を登るときのはきものである。全員、冒険をし終えたあとの虚脱感をただよわせて粛々と下っていった。

屏風岩をすぎたあたりで雨になったので、上下きりりと雨具に固めた。念のためスパッツをつけ、雨用の帽子をかぶり、リュックに覆いをつける。雨具は化学の驚異ゴアテックス製。温泉につかりにいくというより、マナスルに出かけるような格好である。急に周囲が暗くなって、多少とも心細い。おりよく早足でやってくる人がいる。ビニールの傘をさして、足はズック靴。高尾山ピクニックのいで立ちである。よほどのベテランらしく、足どりが軽い。

しばらくはマナスルと高尾山が前後に並行した。やがて高尾山が追い抜いた。色黒で、鼻の下に黒いヒゲ。ビニール傘で拍子をとるようにして躍《おど》るように登っていく。たぶん、足ならしに安達太良へ来たのだろう。それはいいのだが、緊張感がないせいか、鼻ヒゲは歩きながらプープーおならをするのである。せっかくゴアテックスで重厚に身を固めたのに、すぐ前でおならをされるのはやるせない。歩調を落としたとたん、たちまち姿が見えなくなった。

くろがね小屋は福島県の観光公社の運営になる。掃除がゆきとどいていて気持ちいい。お風呂はすっきりとした木造りで、白濁したお湯につかると、ドッとあふれた。全身に快感がしみわたる。

「アー！」

おもわず声が出た。

「オー！」

ひとりで占領をいいことに、うめきつづけた。ひとしきり声をあげ、それからしずかに瞑目した。からだがフワリと浮遊をはじめる。湯にしっかりりつつまれたときの、あのたのしい宇宙遊泳だ。

窓をあけると雨つぶといっしょに、ひんやりした風が吹きこんできた。その風にからだをなぶらせる。それからまた湯につかる。火山帯特有の荒涼とした風景が見える。岩肌は黒ずみ、あるところはえぐれ、ただれたように波打っている。人間のからだもまたそうだ。目には見えないが、内部は齢とともに色を失い、あるいはえぐれ、あるいはただれてくる。障子の貼り替えや畳の表替えをするように、たまにはからだを湯づけにして、ハリ替えたりウラ返したりしなくてはならない。そうすれば、またしばらくはもつだろう。

着換えをして下りてきたら、薄暗い食堂で、つまらなそうな顔をして缶ビールを飲んでいる人がいる。よく見ると鼻ヒゲ、おならプープーの先生だ。聞いてみると山スキーと渓流が専門で、安達太良はやはり足ならしに来た。

「いいお湯ですネ」「いいお湯です」「湯上がりのビールはうまいでしょう」「ここの缶ビールは安くていいです」「そういえば山小屋によっては、おそろしく高いですネ」

ボソボソとそんなやりとりをした。安達太良山といえば高村光太郎の詩「樹下の二人」でおなじみだ。「みちのくの安達が原の二本松　松の根かたに人立てる見ゆ」――そんな和歌を手引きにして、詩人は高らかにうたっている。

あれが阿多多羅山、
あの光るのが阿武隈川。

かうやつてことばすくなく坐つていると、
うつとりとねむるやうな顔の中に、
ただ遠い世の松風ばかりが薄みどりに吹き渡ります。

「さて、夕食ですね」「ええ、カレーライスです」「カレーか。山小屋のカレーもいい」

せっかく智恵子の山へ来たというのに、山小屋の二人はあいかわらずそんなやりとりをしている。鼻ヒゲはあっというまにカレーライスを食べ終わると、ひとつまみの福神漬をサカナにウィスキーを飲みはじめた。

夜中に懐中電燈をつけてお湯にいった。雨は降りつづいている。世界がモヤにつつまれていた。雨音と湯の音とがまじり合って地鳴りがしているかのようだ。

あれが阿多多羅山、
あの光るのが阿武隈川。

ここはあなたの生まれたふるさと。
あの小さな白壁の点点があなたのうちの酒庫《さかぐら》。
それでは足をのびのびと投げ出して、
このがらんと晴れ渡つた北国の木の香に満ちた空気を吸はう。

手足を投げ出して、プカリとお湯に浮いていた。雨音がする。遠い昔の匂いがする。

早朝五時半に朝食。雨はまだやまない。低気圧が接近中とかで、さらに風が加わった。不安を隠し、しばらく、なにげなさそうに食堂に佇んでいた。美しい実測図が額に入ってかかっている。福島県立二本松工業高校土木科卒業研究班の作品。お世話になった先生二人を、名前のまっ先に立てているところがほほえましい。それによると、安達太良山は五万分の一の地図のいう一六九九・六メートルではなく、一七〇二・七七八メートルある。くろがね温泉は一三四六・七五四メートル。入念に身ごしらえして、七時出発。安達太良、鉄山、箕輪山、鬼面山を経て新野地温泉へ至る。縦走路に出たころが風雨のピークだったようで、下から湧くようにして水滴が顔にかかり、二メートル先が見えない。安達太良は別名乳首山といって、山頂が乙女の乳首のようにポッチリとび出している。ただし、それは遠景での話であって、実際はトゲ立った石がかさなり合って、小さな峯をつくっている。つぎつぎと小さなピークがあらわれて、どれが頂上だかわからない。なにしろ見通しがまるできかないのだ。おおよそ見切りをつけてから縦走路に入ったのだが、あとで考えると、一つ手前のピークであったようだ。早とちりで、ちがう乳首を撫でまわしてきたわけである。

鉄山の避難小屋にとびこんだとき、風がヒュルヒュルうなっていた。最高峯の箕輪山には雪渓が残っていた。鬼面山をこえたころ、雨も降りあきたとみえて急にやんだ。みるまに空が明るくなり、雲が分かれていく。旧土湯峠の道に入って振り向くと、うしろに雄大な裾野がのぞいていた。ブナ林が壮麗だ。雨に洗われたシャクナゲがあざやかな色をつけている。足の踏み場がないほどゼンマイが頭をもたげている。

身の丈をこえる熊笹から出たとたん、新野地温泉の屋根が見えた。噴泉が高々と噴き上げている。気のせいか、硫黄の匂いがする。とたんに人恋しくなった。お湯も恋しい。全身にしめりけが充満している。やもたてもたまらず、ころげるようにして坂道を駆け下りた。

▲安達太良山　福島県二本松市・安達郡大玉村・郡山市・耶麻郡猪苗代町　標高一六九九・七メートル。くろがね小屋（一時間五分）安達太良山（五十分）鉄山（一時間五分）箕輪山（二時間十分）新野地温泉。二万五千分一地図「安達太良山」

♨くろがね温泉　福島県二本松市　安達太良連峰の鉄山中腹に湧く山のいで湯。岳温泉や奥岳温泉の源泉でもある。宿は山小屋一軒。東北本線二本松駅から福島交通バス（期間運行）五十分、奥岳温泉下車後徒歩二時間。泉質／泉温＝単純酸性温泉／三十～九十度。宿＝くろがね小屋☎〇九〇―八七七八〇―〇三〇二（二〇二一年四月以降建替えのため営業未定）。

♨新野地温泉　福島県福島市　安達太良連峰北端の鬼面山北西麓、吾妻連峰と安達太良山の間に位置する。宿は旅館一軒。東北新幹線福島駅から送迎車あり。泉質／泉温＝単純硫黄泉／八十五度。宿＝相模屋旅館☎〇二四二―六四―三六二四。

最上源流

芭蕉が『奥の細道』に書いた「最上川はみちのくより出て山形を水上とす」は、まちがいだそうだ。最上川は出羽の産であって、現代の行政区でいうと純粋に山形県の川。吾妻山の北に発して米沢盆地を走り、庄内平野を抜けて酒田の海に注ぐ。流程五十余里、水源から河口まで一歩も県外へ出ない。いたってリチギな川である。

有名な「五月雨《さみだれ》を集めてはやし最上川」は、もともと「五月雨を集めてすずし最上川」といった。芭蕉は大石田で川舟に乗ったところ、水の勢いにおどろき、「すずし」などとのんきにたのしんでいられないことに気がついて舟中で改めた。そういえば同じ川の終焉は、いかにも壮大なスケールでうたわれている。

「暑き日を海に入れたり最上川」

いつだったか土門拳記念館を訪れたとき、最上川の河口に立って、盛り上がるように太い水の帯をながめていた。写真家土門拳は酒田の人で、河口に近い湖のそばに記念館がある。

「川の終りがこうだとすると、始まりのほうはどうなんだろう?」

おりにつけ地図を開いてながめていた。川筋をたどって溯行すると、西吾妻山の北麓、スキーで知られる天元台から山一つへだてた沢にいきつく。滝のマークが点々とあって、その一つは「火焔滝」としるされている。さぞかし険しい崖がつづいているのだろう。沢がプツリと切れる一点に♨マークと並んで「大平《おおだいら》」と表記がある。

思いきって大平温泉に電話をした。

「ああ、うちが水源だわネ」

のんびりした老人の声がかえってきた。

「道は大変なのでしょうね」

「車で迎えにあがります」

「やはり岩登りの格好で?」

「ふだんどおりでいい」

なんだかよくわからないが、入念に身支度をした。登山靴、防水ズボン、ヤッケ、ロープ、滑りどめ粘着テープ……。小山のようにふくらんだリュックサックを背負って米沢駅頭に立っていると、小型のマイクロ車が近づいてきた。すでに相客をひろってきたらしく、品のいい老夫婦と、ワケありな男女一組がすわっている。運転席の青年は、こちらの大荷物に「おやっ?」といった顔をした。それから一路、南の山をさして走りだした。

途中、「大平」という集落で運転手が交代した。青年とよく似た、しかし、やや年かさの人が乗ってきた。あとでわかったのだが、大平の人が山奥で源泉を見つけ宿をひらいたので、大平温泉の名がついた。おじいさんが受付で、若い奥さんが調理をして、息子たちが運転して、今も一家で経営している。

標高八〇〇メートル。車はどんどんのぼっていく。つづいて一〇〇〇メートル。マイクロ一台がぎりぎりの道幅で、一方は削《そ》いだような崖、柵一つない。運転手は片手で運転しつつ、片手の無線で、しきりにらちもないことを交信している。老夫婦はカンが鈍いのか悠然としていた。ワケありな二人は、ひしと手を握り合っている。私は大荷物を楯にしてナマつばを呑み、何度も冷汗を拭った。

「ハイ、お疲れさま」

車は小さな出っぱりにおどりこんで急停車した。頭上にワイヤーがあるだけで、どこにも宿のけはいがない。ここから二十分、身一つで歩いて下る。荷物はワイヤーで玄関まで運ばれる。——泣き出しそうな顔をしたアベックを尻目にかけて、こちらはトットと先に歩き出した。下るにつれて湧くように水音が高まってくる。期待がこみあげてきた。地の底のような岩場に降り立つと、足下に急流が走っていた。つり橋を渡った先に簡素な二階屋が見えた。古風な煙突から煙が一筋、立ち昇っている。その上は崖。右も崖、左も崖、ただ前方だけが三角状にひらいていて、そこで流れが一つに合わさる。三角状の大岩の上に碑のようなものが建ててある。もう一つのつり橋をわたって近づくと、「源流之碑」の文字が見えた。

「最上川は奥羽山脈吾妻連峯弥兵衛平、標高一九〇〇メートルを水源とし……奇岩怪石、連綿として連り、断崖は無数の飛瀑を成し、急流となって谷を下る……」

そういったことが高らかにしるしてある。山形県人は愛郷心にあついのだろう。あらためてこの川が県内に始まって県内に終る次第をつたえ、ついては「総延長二三七キロ、山形県の母なる川」である旨が晴れやかにうたってある。

お湯につかってからビールを飲んだ。念願の源流にたどりついたが、多少とも、もの足りない。厳密にいうと、源流を踏破したのはマイクロ車を降りてからの二十分だけである。これでは「探検」の名が泣くのではあるまいか。

地図をひろげながら玄関に出てきて、受付のじいさんに声をかけた。

「火焔滝は登れますか?」

「無理だナ」

じいさんは言下にいった。それから噛んで含めるようにして説明してくれた。風呂場から正面に滝が見える。絶景じゃろう。だからして宿の名前が「滝見屋」。——それはいいのだが、風呂場でお湯につかってボンヤリとながめるだけでは、山のようなリュックをしょってきたかいがない。

地図によると火焔滝の上を佐原沢といい、それが弥兵衛平へとつづいている。山頂を東大巓《ひがしだいてん》といって、横手にリンドウ平がある。その辺りが本来の水源ではあるまいか。

「リンドウ平は——」

といいかけると、じいさんは「そりゃあフクシマだわサ」というなり、老眼鏡をかけて新聞を読みはじめた。なるほど、東大巓が県境で、リンドウ平はほんの少しだが福島県寄りにある。一歩でも県外へ出れば、最上川の名がすたる。

夕食のとき、ワケありなアベックのとなりでお酒を飲みながら考えた。天元台を経由して東大巓へ出るコースがあるが、往復するのはかなりの道のりだ。途中に「藤十郎」というシャレた名前の峯があって、火焔滝を巻く直登コースが通じているが、この春の大雨で道が崩れたそうだ。杯を置き、腕組みして思案した。となりの二人が気味悪そうにこちらを見ている。

「水源行は、やはりこの大平で打ち切りとするかナ」

かわりに西吾妻山に登って白布温泉へ出るとしよう。たった一人の探検家なので変更は簡単、決断も早い。予定が決まったので安心して、何度もお銚子のおかわりをした。

翌日、しらしら明けに露天風呂へいった。奥のつり橋のかたわらにあって、目の下を澄んだ水がすべるように下っていく。崖のあたまに朝陽が射し落ちたとたん、パッと辺りに白銀色の光が走った。ぬるめのお湯に枯れ葉がいくつも浮いていた。お山はすでに冬支度をはじめている。

滝見屋の玄関先に鉄の梯子があった。これを上がって、いくつか沢をこえると天元台へ出る。ただの山菜採りの道ではあるが、それぞれの沢が流れくだって最上川へとつづいており、とすれば、これはこれで立派に源流探検といえるのではなかろうか。

二時間たらずで天元台に出た。雪のない広大なゲレンデに、まっすぐ定規をあてたようにリフトがのびている。かたわらの小道にとりついたところ、小屋から声がかかった。リフトを動かしてやるという。二度乗りつぐと、一九〇〇メートルまですわっていける。所要時間四十分。

「歩くと?」

「四時間かなァ」

即座に予定を変更して乗りこんだ。ゴトリと一揺れして、リフトが動きだす。みるみる地表が遠ざかり、ゆっくりと昇っていく。やがてコメツガの繁みが顔をかすめた。シラビソが沈黙した戦士のように突っ立っている。首をねじるようにして東を見やると、最上川源流一帯が雄大にひろがっていた。このとき雲間から太陽がのぞいて、すぐ下に自分の影が見えた。リュックサックが大きなコブのように盛りあがっている。まるで奇妙な黒い獣が背を丸め、ご主人さまのあとを追って斜面を駆けのぼっていくように見える。

▲西吾妻山　山形県米沢市・福島県耶麻郡北塩原村　標高二〇三五メートル。天元台スキー場リフト終点から一時間三十分。二万五千分一地図「吾妻山」

♨大平温泉　山形県米沢市　吾妻連峰北麓、天元台近くの最上川源流に位置する一軒宿の温泉。山形新幹線・奥羽本線米沢駅から送迎バス五十分、下車後徒歩二十分。泉質／泉温＝含石膏芒硝硫化水素泉／六十三度。宿＝滝見屋旅館☎〇二三八－三八－三二三六〇。

♨白布温泉（白布高湯）　山形県米沢市　吾妻連峰北麓、大樽川沿いに湧き、奥羽三高湯の一つに数えられる古湯。宿は旅館四軒。米沢駅から山交バス四十分、白布温泉下車。泉質／泉温＝含石膏土類硫化水素泉／五十六〜六十度。問合せは、米沢市役所☎〇二三八－二二－五一一一へ。

二岐紀行

福島の二岐《ふたまた》温泉は奇妙なところだ。千年以上も古くからある温泉なのに、いまだに温泉宿以外の何一つない。平家の落人が住みついたといわれるが、不文律といったものがあって他所《よそ》者を拒んできたのか、それとも分家を許さなかったのか、あるいはまた、べつの理由があってのことなのか。

ほかにもフシギなことがある。先祖をたどると、みな関西で、奈良の奥に墓があるそうだ。背後の二岐山は峰が二つそびえていて、大和の二上《にじよう》山とそっくり。私はあらためて地図をひらいた。郡山の西、会津の奥深いところにあって、東北本線の須賀川からバスで二時間、会津若松をまわっていくと半日がかり。村名が天栄《てんえい》村、いかにも優雅な名前である。村の中央に天栄山という山があって、それにちなむらしい。

バスを降りると川音がした。すぐ左が深い渓谷で、盛り上がるように木が繁っている。音だけがひびいて水面は見えない。かわりに冷々とした川風が吹きあげてくる。道端に三つばかり、小さな石のホトケが寄りそうようにして並んでいる。一つは斜めに倒れかかっている。もう一つは半ば枯れ葉に埋もれていた。

宿は、それぞれが境界を守るようにして、ポツリポツリと建っている。どこも川っぷちにあるので、道路からだと屋根しか見えない。つんのめるような急坂を下っていく。水底をくぐるようにしてひとまわりすると、玄関に出た。明るい灯がともっている。ストーブの上のやかんが湯気をたてている。湯あがりのおばあさんがテラテラ顔でテレビを眺めている。

「平将門がきたそうですよ」

宿の主人が得意そうにいった。

「マサカドが？　まさか――」

「まあ、そのヘンはあやしいです」

いたって正直である。ただ奥に御鍋《おなべ》神社というのがあって、大きな鉄の鍋が祀られている。将門が追手に追われたとき、鍋の中に身をひそめて助かったとか。そんないわれがある。これも真偽のほどはたしかでないが、しかし鍋を本尊にする神社は、全国的にみても、やはり珍しいのではあるまいか。

木橋を渡ったところに露天風呂があった。湯は透明で、少し塩っぽい。枯れ葉が浮いていて、その上に夕焼けが木洩れ陽になって射し落ちてくる。あざやかな抽象画を見ているようだ。対岸の川っぺりにもう一つ露天風呂があって、そちらにはおばさんが三人、おしゃべりしながら入っている。話し声と水音がもつれ合って、さえざえとした白っぽい空に吸いこまれていく。少しぬるめで、いつまでも入っていられる。みるまに薄闇がせまってきた。白いタオルが宙に浮いて、おばさんたちが上がっていく。意識がモーローとして夢見ごこちになってきた。はて、いま自分はどこにいるのだっけ……ここはどこだっけ……どうしていまここにいる？　やわらかい母胎につつみとられたかのようだ。地球という広大な胎内のヘソのところに浮かんでいる。千年が一瞬に過ぎ去ったような気がする。あるいは時がはたと停止したかのようでもある。

宿の主人の説明は明快だった。なにしろ痩せた土地なので大勢が住むとなると共倒れになる。だから宿を継ぐ者以外は、暗黙のうちに外へ出ていった。郡山、若松、白河、東京。指を折って数えていく。

「ホラ、こんなものがありますよ」

九十歳で亡くなった祖母は、いたって筆まめな人で、ずっと家計簿をつけていた。戦前のある年のくだり。インクが紫に変色している。端正な字体が、人柄をしのばせる。

八月　新聞代　一円二拾銭
　　　七夕の紙　拾銭
　　　盆花　二拾銭
　　　盆供物　五拾銭
　　　平家物語上下　一円
九月　新聞代　一円二拾銭
　　　便箋　拾五銭

「ずいぶん、つましいですね」

「まあ、みんな、こんなものでした」

つましさと貧しさを取りちがえてはならないだろう。主人は、祖母が若いころに愛用したという日傘を取り出してきた。握りのところがくすんだ銀色をしていて、細かい彫刻がほどこしてある。東京に行ったとき、銀座あたりの高級な店で買ってきたのだそうだ。

「年をとってもモダンな人でしたネ」

顎を撫でながら、思い出すようにしていった。家計簿には「講習会バス賃　十五銭」とか「映画　五銭」といった記述がみえる。上品な、三十がらみの女性が思い浮かんだ。日はまだ高い時刻、宿の若い女主人は若松まで買物にいく。バスを待つあいだ、やわらかな陽ざしの下で、銀の握りのついた日傘をさしている。ボンネットバスが白い砂ぼこりをたてながら坂道をのぼってくる。車体をふるわすように停車すると、日傘がすぼまって中に消えた。

翌朝、おにぎりをつくってもらって宿を出た。二岐山の南面を巻くようにして村道が走っている。登山口の手前に御鍋神社があった。思ったよりも小さな社《やしろ》で、上を覆うようにして老杉が枝をのばしている。拝殿からのぞきこんだが、薄暗いだけで何も見えない。目が慣れてくると、まっ黒な釜のようなものがボンヤリと識別できた。底に三つの出っぱりのある、なるほど古そうな大鍋である。平将門が中に隠れたというのはデタラメで、将門の将に永井平九郎という者がいて、朝廷から下賜されたのを宝物としたらしい。それにしても将門の家臣がなぜ大鍋をいただいたりしたのだろう？ その「三本足の鍋」を、どうしてこの辺境の地に祭神として祀ったのか？ まるきりわけがわからない。わからないなりに、いかにもありがたそうなので、ひと拝みしてから山にかかった。

しばらくは急坂がつづいた。八丁坂というらしい。ミズナラの樹林帯で、土が湿っている。おおかたの木が葉を落としたなかで、カエデがまっ赤な葉をのこしていた。シャクナゲが茶色にかわっている。やがてブナ平とよばれるところに出た。伐採された余波を受けて、まわりのブナも枯れたのだろう。累々として白骨のように、尖った先端を天に差しつけている。

深い笹原をかき分けるようにして登っていった。汗が冷気に吸われていく。振り向くと小白森、大白森とよばれる大きな山塊が眼下にひろがっていた。晩秋の空は途方もなく高い。ダケカンバの幹の白さが、「白森」の名をつくったのだろう。茶ばんだ葉が白と褐色の広大なしま模様をつくっていた。

山頂には古ぼけた木の標識が倒れかけて立っていた。そのそばに腰をおろして、しばらくまわりの山並みを眺めていた。那須連峰に雲がかかっていた。大白森につづくのは甲子山《かっし》、北西にあって大きなお椀を伏せたようにまん丸いのは小野岳にちがいない。

膝を組み、肘をついて、さも沈思黙考しているような格好だが、べつだん何も考えていないのである。途方もないパノラマのなかで、丸つぶのような一点のシミになった。シミには、とりたてて深遠な思想も出てこない。目の前がだんだんボーとして、全身が溶けかける。晩秋の山頂は冷えている。汗がみるみるひいて、水のようなハナが垂れてきた。あわてて私は腰をあげて、もう一つの峰に向かった。

午後、まだ明るいうちに二岐温泉へもどってきた。宿は無人のようにしんかんとしている。汗をしぼってきた肉体には、お湯がこんなにもやさしい。半開きの窓から弱い陽ざしが射しこんでいる。湯気が逃げるようにしてすべっていく。

日頃、私たちはこのからだを、ずいぶん邪険に扱っていないだろうか。ひたすら酷使して、ろくに面倒をみてやらない。背広でかためて、バンドで締めつける。電車で立ちん棒で、階段を駆け上がり、かたときも休ませない。忙しく電話をとる。豆つぶのような数字や文字を見つめている。呑みこむようにして昼食をかっこみ、タクシーにとびのり、ひと息つくとアルコールを流しこむ。一日の終わりは、石けんをなすりつけ、そそくさと湯水につかるだけ。

だからたまには湯びたしにするのも悪くない。思うさま湯につける。何度もつける。これは日常とはちがった聖なる時間だ。浄《きよ》めの時であって、なるたけジッと我慢している。すると気がつかないか、いとしむようにして湯が体内にしみ入ってくるということ。地下から湧き出るフシギの泉なのだ。当然のことながら、ここには霊泉をつかさどる神がいる。湯浴《ゆあみ》の好きなホトケがいる。

二岐川沿いに六キロばかり下ると岩瀬湯本に出る。二岐と同じく古い温泉で九世紀はじめの開湯伝説をもっている。もうずいぶん少なくなったが、独特のカヤ葺き屋根で有名だ。羽鳥《はとり》湖に下る途中を鳳坂《ほうさか》峠といって、千メートルに近い峠道は、太平洋側の阿武隈水系と日本海側の阿賀野水系との分水嶺にあたるので知られている。峠をこえて、会津まわりで帰るとするか。それにしても、この辺りはどこも、いい地名を持ってるな——、そんなことをボンヤリと考えていると、ガラリ戸が開いて、小柄なじいさんが入ってきた。ザブリと湯につかると、手拭いを頭にのせて目を閉じた。口のまわりに、まばらに白いヒゲがはえている。黄色っぽい陽ざしが横顔に射し落ちている。

残念ながら、じいさんにはかなわない。温泉には年寄りがよく似合う。じいさんが大あくびをした。湯のホトケが笑ったぐあいだ。

▲二岐山　福島県岩瀬郡天栄村・南会津郡下郷町　標高一五四四・三メートル（西岳）。二岐温泉から御鍋神社経由三時間。二万五千分一地図「甲子山」「湯野上」

♨二岐温泉　福島県岩瀬郡天栄村　那須連峰北端の二岐山の東山麓、二岐川の渓流沿いに湧く。宿は旅館四軒。東北本線須賀川駅から福島交通バス二時間、二岐温泉下車（冬季運休）。東北新幹線新白河駅から送迎バスあり。泉質／泉温＝石膏芒硝泉／四十七〜六十二度　問合せは、天栄村役場☎〇二四八－八二－二一一一へ。

♨岩瀬湯本温泉　福島県岩瀬郡天栄村　須賀川と会津若松を結ぶ国道一一八号線沿い、羽鳥湖の西約八キロに位置する素朴な温泉地。宿は旅館二軒。東北本線須賀川駅からバス一時間四十分、湯本温泉下車。または会津鉄道湯野上温泉駅からタクシー二十分。東北新幹線新白河駅から送迎バスあり。泉質／泉温＝含土類石膏食塩泉／四十六〜四十八度。問合せは、天栄村役場へ。

枯木の白鳥

四国・剣山

夕方、岩戸温泉に着いた。

四国の剣《つるぎ》山地の北には温泉はないとされていたが、二十年あまり前に泉源が見つかった。地下百二十メートルのところから毎分三十リットル湧いて出る。さっそく村当局が三階建ての立派な保養センターを建てた。

「よく見つけましたね」

いかにも人の好さそうなおばあさんが受付にすわっていた。

「地すべりで、出たンよ」

「地震ですか?」

「いンや。ヨボー工事」

「……?」

地すべり防止の工事をしていたところ、突然、温水が勢いよく吹き出した。天然硫化水素泉で、神経痛、リューマチに効く。山林業で生きてきた村には願ってもない贈り物だ。

「ヘエー、それはよかった」

「神さまがおりはるからねェ」

すぐ南の法正峰というところに「天の磐戸《いわと》」がある。巨石がまっぷたつに割れていて、十メートルにちかい洞窟になっている。その下がまた巨大な岩で、通称「神楽石」。村に伝わるところによると、洞窟に天照大神が隠れていた。神楽石に神々があつまり、会議をしたり踊ったりした。

お風呂は貞光川に面している。湯量たっぷり、小窓から湯気が筋を引いて流れていく。川向こうはかなりの傾斜の山肌で、古木が繁りあっている。山間の空気は底冷えのようにヒヤリとしていて、ほてったからだにここちいい。

広いロビーで休んでいると、村の人がつぎつぎにやってくる。となりは食堂で、ガラスごしにメニューが見えた。

カモ鍋（みそ仕立て）

アメゴ塩焼き
コンニャク刺し身
夕食はア・ラ・カルトで好みのものが追加できる。いたって合理的なシステムだ。お湯から上がって、あれこれメニューを思索するほど楽しいひと時はない。
マムシ料理
「刺し身、カバ焼き、生き血つき」。ただし、四月から十月までで、予約者にかぎる。肩に「強壮・回春」と赤のマジックで添え書きがついている。とりたてていま強壮と回春の必要があるわけではないので、おとなしくコンニャクの刺し身で地酒を呑んだ。

翌日は抜けるような快晴。天日、三所、王太子、ついで見ノ越の大剣と、つぎつぎに神様の標識があらわれた。矢印つきで天の磐戸の看板も見た。さらに友内神社、東の剣神社、山頂ちかくにも、いま一つの大剣神社が控えている。まったくここは神々の山である。

登山リフトが動きだして二日目とかで、作業服姿の人が支柱を整備していた。その上をゴトリゴトリと昇っていく。みるまに見ノ越の集落が下に沈んで、雄大な展望があらわれた。枯れ草のながい喬木帯がまじりはじめる。春めいた陽ざしが眩しい。影がお伴をするようにして足の下の急斜面をすべるように上がってくる。

なんともへんなぐあいだ。東京のわが家を出てより、バス、電車、モノレール、飛行機で四国に入り、バス、電車、タクシー、リフトとリレーして、はやくもこの身は千五百メートルの高みに立っている。文明の偉大さをいうべきか。あるいは、ナマケモノのわが足のせいなのか。登山靴の紐を締め直し、リュックサックをゆすりあげて一歩踏みだしたとたん、大きくよろけて、あやうく前に倒れかかった。

しっかりした道で、のんびりと展望がたのしめる。あきれるばかりの山また山だ。ひときわ稜線が美しいのは矢筈《やはず》山だろう。その南のどこかに平家の落人伝説で知られる祖谷《いや》の里があるはずだが、数限りない地表のシワに呑まれて見当もつかない。

この山系には平家の落人よりずっと前から人が住んでいたはずだ。それが証拠に剣山に水源をもつ貞光川は、古くは木綿麻《ゆうま》川と呼ばれていた。古代の忌部《いんべ》族がユウ（こうぞ）とマ（麻）を栽培して、川の水につけて皮をはぎ、衣服をつくったのにちなんでいる。万葉集にもちゃんと出てくる。

よしえやし恋ひじをすれど木綿麻川

越えにし君が思ほゆらくに

巨大な岩が通せんぼをするようにそそり立っていて、その下に大剣神社が祀られていた。黒ずんだ根雪が屋根にのっていて、みるからに重たげだ。正面左右に、これまた重たげな板が二枚。

天地一切の悪縁を断ち
現世最高の良縁を結ぶ

どちらか一方を選んで拝むべきなのか。それとも、やはり右から左へつながっているのか。良縁と信じて結んだ「現世最高」が、じつはとんだ悪縁と判明して、もっぱら断つことを念じたい人もいるのではなかろうか。思案していると雪解け水が音をたてて落ちてきて、足元に因縁の糸のようなしま模様をえがいて流れていく。

剣山の山頂はカラリと開き、一面に笹が生えている。そこに青いヒュッテと白い測候所の建物があって、まるでスペインかイタリアの高原に来たようだ。人呼んで「平家の馬場」。屋島で破れ、壇ノ浦でちりぢりになった平家の落武者が祖谷に隠れ住み、他日の再起を期して、ここで駿馬の訓練をしたそうだ。

剣山山頂

つくり話にちがいないが、いかにも広々としていて、そんなホラを吹きたくなる。測候所のかたわらの岩を「宝蔵石」といい、平家の再興にそなえ、武器や軍用金を埋蔵した。その目じるしに安徳天皇の剣をこの岩の下に埋めたとか。

リュックに寄りかかってすわっていた。冷たい山気が少しずつ太陽にあたためられていくのが肌でわかる。目の下はガクンと下り、ついで急角度にせり上がっている。そこも一面に笹で覆われていて、「ジロウギュウ」という奇妙な名前がついている。

隠し軍用金といったことは、なぜか人を刺激するらしく、平家の再興用が、いつしかソロモン王の秘宝になった。山頂付近にソロモン王が莫大な宝を埋めたというのだ。どうして古代のユダヤの王が、はるばると東洋の阿波の山まで宝を埋めにきたのかは不明だが、宝を求めて山頂を掘り返す人があとをたたない。なかには元海軍大将山本英輔といった人もまじっていたというから、人間の想像力はマカ不思議というほかない。

気がつくと二十分ばかりうとうとしていたらしい。ほんのつかのまなのに、辺りは薄いヴェールをかけたように白々としていて、まるで見知らぬ世界に見える。ゆっくりと天空に雲がひろがりはじめた前兆だ。ふだんはいたって怠惰な視力が、山にいるとこんなにも鋭敏になり、微妙な変化を五体が地震計の針のように感じとる。

あわてて立ち上がった。意識がカチリともどって世界が旧に復したぐあいだ。陽ざしはまだおだやかで、斜面の一方にかすかに風が流れているらしく、笹がゆれている。単独の若い女性がやってきた。新しいリュックに、新しい登山靴。リュックサックのポケットに可愛い水飲みカップが下がっている。ひょっとすると、この日が使いはじめかもしれない。足どりはしっかりしていた。歩き慣れた人のリズムである。元気よく挨拶して、すれちがった。若い女性のひとり登山と出くわすのは久しぶりだ。うれしくなって二度ばかり振り返った。

お昼は一ノ森ときめていた。深田久弥の『日本百名山』に、「一ノ森（一八七九米峰）の上から振返ると、剣山・ジロウギュウが二つ並んで、まず剣山の姿勢はこから望んだのが最上と思われる」とあるのを覚えていたからだ。べつに百山制覇などに興味はないが、この本の簡潔な描写が好きだ。それぞれの山のいちばんいいところがきちんと書いてある――恋人が好きな人のいちばんいいところを、抜かりなく知っているように。

尾根が細くなって、枯れ木が白い枝をのばしている。斜面にはサワサワと音がするのに、風は上まではあがってこない。テルモスから熱いお茶を飲み、まん丸い握り飯にかぶりついた。

洒落た一ノ森ヒュッテの屋根ごしにお花畑がのぞいている。右手は深い谷で、古剣谷、経塚谷といった名前がついている。谷を流れ下るのが垢離取《こりとり》川。剣山本宮にあたる剣神社が麓に祀られている。かつては修行の行者さんが水垢離をとるところだ。帰りは行場をまわって、おきよめのおすそわけにあずかろう。

目をあげると、はやくも陽が西にうつっていた。剣山の笹原が黄金色に燃えたち、青味をおびたジロウギュウがさえざえとした紫に染まっている。さながら黄と紫の宝の山だ。ソロモンの秘宝は地中深くに埋まっているわけではない。この美しく雄大な山塊そのものがソロモン王の秘宝である。わが両手に宝の山を収めるぐあいに、おもいっきり大きくのびをして立ち上がった。

▲**剣山**　徳島県三好市、美馬市、那賀郡那賀町　標高一九五五・〇メートル。登山リフト西島駅から五十分。二万五千分一地図「剣山」

♨**岩戸温泉**　徳島県美馬郡つるぎ町　剣山北麓、貞光駅から剣山登山口へ向かう途中の貞光川沿いに湧く。宿泊施設は公共の宿一軒。徳島線貞光駅からバス四十分、つるぎの宿岩戸下車。泉質／泉温＝単純硫化水素泉／十六度。宿＝つるぎの宿岩戸☎〇八八三－六七－二八二六。

会津・七ヶ岳

アメリカ人と一緒に温泉に行くことになった。ロバート・ネフさんといって、「ビジネス・ウィーク」東京支局長。上州の秘湯で温泉に開眼したのだそうだ。以来十数年、仕事の合間にせっせと通って、今では在日ジャーナリストのあいだで温泉博士として知られている。

「どこにしましょう?」

「サア、ドコニシマショウネ」

「ひなびた所がいいですよ」

「ハイ、ヒナビタトコロ」

日本語はペラペラなのだが、ネフさんにはやはり外国語であって、話し方が幼くて拙い。そんな相手の弱味につけこんで、こちらの意思を通そうというのである。

「栃木の奥はどうですか」

「ハイ、イイデス。トチギノ奥トイウト、ドチラデスカ？」

「湯西川」

「ユニシガワ？　ハイ、イイデス、イイデス」

電話での日米交渉は圧倒的な日本有利のうちに進行した。

日曜のお昼に浅草・東武電車改札口で落ち合うことにして、会談は終了。私はいそいそと地図をひらいた。温泉だけではものたりない。近くの山に登ってこよう。ついては、かねがね目をつけていたのがある。七《なな》ヶ岳といって山王峠をこえた福島側、その名のとおりピークが七つあまりつらなり、かてて加えて沢あり、滝あり、岩場ありで、さらに会津田島寄りの山麓は、かつて木地師の里であったとか——。

同行のニッポン人がそんな目論見をとっているとはつゆ知らず、ネフさんはショルダーバック一つの軽装でやってきた。こちらはリュックサックに登山靴の重装備。こんな二人づれが電車にゆられ、バスを乗り継ぎ、夕刻、湯西川着。平家の残党が住みついたといわれる山里で、宿の建物も重厚なカブト造りの二階建て。温泉好きが、温泉にきて、温泉の話をするのだから、日米間に何のもめごともない。語りつくしたあげく、カラス、カアで夜があけた。宿の人にせがんで、そもそもの元湯に入らせていただいた。山道を登ったところにある簡素な湯小屋で石造り、ふちをコンクリートで固めて足元は砂、そこからこんこんと澄んだお湯があふれている。昔はこれが唯一の共同湯で、村の人々がタオルと桶をもって通っていたのだろう。そんな隠し湯に二人してそっと入った。

「昨日カラ何度入リマシタカ？」

「ぼくは八回、ネフさんは？」

「ワタクシ、十回」

大男のアメリカ人が赤うでになってニコニコしている。

東武電車は途中で野岩《やがん》鉄道と名が変る。湯西川駅から五つ目に「七ヶ岳登山口」という駅があるが、これは正確にいうと「七ヶ岳眺望駅」とでもいうべきで、はるかに峯々を仰ぎつつ、山のとっつきまで三時間ちかく歩かなくてはならない。

——まあ、なんとかなるだろう。

いつもの流儀で、明日のことは明日にして、この日は滝ノ原温泉に泊まった。荒《あら》海川《かい》支流沿いの急な斜面に小さな宿がポツリと一軒。窓をあけると部屋中が川音につつまれる。窓を閉めると音がいちどに低まって、しずかにささやいているように聞こえる。

会津田島からタクシーを呼んで林道づたいに登山口まで行きたいのだが……。夕食のとき、そんなふうにきりだすと、宿のおばさんは顔をくもらせた。タクシー会社にはあまりよろこばれないコースらしい。

「タケさんにたのんでみっか」

「タケさん?」

「車をもっていて遊んでいる人。明日はどうかナ」

何だかよくわからないが、とにかくその人にたのむことにして、安心したとたん、もっとお酒が飲みたくなり、熱カンで二本追加、しみるような川音を聞きながら早々と寝てしまった。

翌朝、食事をすませて玄関に出てくると、陽だまりに色の黒い、痩せた男がしゃがんでいた。上はシャレた背広で、足はセッタばき。前方に白いカローラが待機している。車のかたわらに赤茶けた老犬が寝そべっていた。ご近所の飼犬だが、この玄関先がお気に入りで、のべつここにいる。名前はアカ。

「そういえば毛が赤いですね」

以前はもっと赤味がかっていたとタケさんはいった。それが年とともに茶色になった。

「そのうち白くなる」

「ホントですか」

「ああ、年をとると何だって白くなる」

タケさんは自信ありげに断言して、ヨッコラショと立ちあがった。アカもつられたように立ちあがり、しきりにシッポを振っている。

ゆっくりと斜面を走りくだり、右に曲って山裾づたいにのぼっていった。中山峠への道とわかれてしばらくすると、左上方にツンと突き出た先っぽがのぞいた。

「七ヶ岳だナ」

タケさんが顎で示した。一番岳とよばれる峯で、そこから下岳まで実際は十いくつものピークをもつ尾根がのびている。

「山登りかネ」

「ハァー？」

いや、山登りであることはわかっている。しかし、なぜわざわざ苦労して山になど登りたがるのか、そこのところがサッパリわからん、とタケさんはいうのだ。

「ま、人間、好き好きだわナ」

〈車をもっていて遊んでいる人〉は、つぶやくようにいうと、コックリ一つうなずいた。


登山口の標識の前で降ろしてもらって歩き出した。しばらくはシラカバ林を縫っていく。羽塩の森は南会津随一と聞いていたが、なるほど、ほっそりしたのや、ほどよくのびたのや、林立した木々が目に痛いほど白々としていて美しい。木洩れ陽が金色の矢になって降ってくる。

やがて沢にかかった。ヒラナメサワといって、岩の表面に透明な水の膜をはったように水流が走っている。両側からの枝葉を払いながら真一文字に登っていった。快適な秋の沢風が適度に汗をひやしてくれる。つい調子にのっていてナメ状の岩に足をすべらせ、一度スルリとすっころんだ。

源頭部にちかづくにつれて水が消えた。倒木が重なり合っている。本来の登山道にもどり、ブナの原生林の中の急登にとりついた。

木の根につかまったり、岩にはりついたり、息を切らすこと三十分。尾根にとび出し、火山岩のようなゴロついたのを踏みこえていくと、そこが山頂だった。一六三五・八メートル。つっ立ったまま、しばらくボンヤリしていた。すぐ近いのは荒《あら》海《かい》山だろう。雲間にのぞいているのは日光連山にちがいない。南西の山は帝釈《たいしゃく》山地。西にまわってうっすらと見えるのは、どうやら飯豊《いいで》連峰らしい。

十いくつものピークに恐れをなして、尾根づたいはあきらめ、針生《はりゅう》への沢を下ることにした。途中にゴマ滝とよばれる数段の滝がある。沢の上りは快適だが、下りはいつも足がふるえる。ロープにすがりつき、あるいは四つん這いになり、針生側の登山口に下りてきたのは午後四時すぎ。

砂利道を歩いていると、「針生木地師跡」の標識が見えた。カッコして「木地師観音像」とある。この奥にお像が祀られているらしい。たしかめてきたい気がしたが、秋の日がはや昏れかけている。背後から迫ってくる薄闇に追われるようにして、私はトットとゆるやかな林道を下っていった。

▲七ヶ岳　福島県南会津郡南会津町　標高一六三五・八メートル。羽塩登山口（二時間三十分）七ヶ岳（二時間二十分）針生。二万五千分一地図「糸沢」

♨湯西川温泉　栃木県日光市　五十里湖の上流湯西川沿い、平家落人伝説が残る山里の温泉地。宿は旅館、民宿が二十三軒。野岩鉄道湯西川温泉駅から日光交通バス二十五分、湯西川温泉下車。泉質／泉温＝アルカリ性単純温泉／五十～六十二度。問合せは日光市役所☎〇二八八－二二－一一一一へ。

♨滝ノ原温泉　福島県南会津郡南会津町　会津高原尾瀬口駅の近く。荒海川の渓谷沿いに湧く。旅館一軒。野岩鉄道会津高原尾瀬口駅から徒歩五分。泉質／泉温＝単純温泉／三十六度。宿＝三滝温泉☎〇二四一－六六－二三一三。

三ツ石山

雨の支度をして玄関にくると、孫をあやしながら宿のおばさんが声をかけてきた。

「やっぱし登るのかネ」

「ええ、せっかくですから」

おばさんは両手の孫ごと中腰になって、すかすように空を見上げた。白い筋を引いて大粒の雨が落ちてくる。湯の排水溝に泥水があふれ、玄関先で小さな川をつくっている。雨というより滝に打たれにいくようなものだとおばさんはいった。

「帰りにまた寄ってけ。もどってくるんだろ」

「そのつもりです。でも滝ノ上に出るかもしれません」

あいまいなひとことを残して前かがみに歩き出した。

岩手の三ツ石山は、八幡平から岩手山につづく裏岩手連峰のほぼまん中にある。

藤七温泉から畚岳《もつこ》、諸檜岳《もろび》、大深岳と縦走してくるコースがあるが、これはずいぶんの長丁場だ。松川温泉から三ツ石湿原を経由して滝ノ上温泉へ出るのが、もっとも無精者のコースである。湿原のわきに三ツ石山荘がある。

おばさんのいったとおり、雨というより滝であって、バリバリと音をたてて頭や肩に落ちかかってきた。それでも登山道に入ると、音が消え、雨足がやわらいだ。木の間ごしに黒い、巨大な塔のようなものが見えた。地熱発電所の煙突で、八幡平の地熱は、この辺りに噴出する。蒸気管のようなものを踏みこえると、急坂になった。ミズナラの葉が雨にぬれて、しみるような緑を見せていた。ブナの大木が両腕をふるわすようにして水滴を落としてくる。風向きのせいか、キタゴヨウの幹が白黒二色に染めわけたようにして立っている。

「大雨も悪くないナ。誰もこないし……」

もともと、あまり人のこない道なのだろう。左右から熊笹が繁っていて、両手でかきわけていかなくてはならない。モグラのように進んでいて、やにわにピシリと小枝で顔をたたかれた。尾根に出てひと息つくと、こんどは雨に攻められる。入念に身支度をしてきたのだが、どこからともなく雨滴がしみこんで、いつのまにか上半身がしめりけにつつまれた。

「宿であのまま、お湯につかっているほうがよかったかナ」

松川温泉には大きな露天風呂があって、白濁したお湯が池のようにひろがっていた。地熱の里らしく、あったまりぐあいが尋常でない。雄大なお湯の帯に、つつみとられているかのようなのだ。そこにのんびり一日いられたものを、わざわざ水に打たれにきた。ひたすら雨のなかでモグラになっている自分が惨めでもあれば、コッケイにも思えてくる。それでもイワカガミが雨に洗われ、すずしい色をみせているのを目にすると、これはこれでよかったような気もしてくる。股の辺りがべとついて、靴の中までしっとりしてきた。

「山小屋でひと休みして、引き返すかナ」

山頂まで行っても、何も見えっこないのである。弱気が起きると、むしょうにお湯が恋しくなる。

樹林帯が切れたとたん、湿原に出た。雨は弱まったかわりに濃い霧が立ちこめていて、二メートル先がもう見えない。おずおずと木道づたいにたどっていると、やにわに山荘の前にきた。魔法使いが魔法の杖を一振りして、そっとここに置いたぐあいだ。

ドアを押すと、きしむような音をたてて半開きになった。ガランとした薄暗い小部屋で、右に引き戸がある。重いのをガタゴト引きあけ、一歩入って「おやっ」と思った。十畳ほどの板間のまん中にダルマストーブがあって、赤々と火が燃えている。人のけはいはないのに、部屋はホコホコあたたかい。誰かがいて、つい今しがた立ち去った——そうとしか思えない。

奥の小部屋は燃料置場らしいが、薪はなく、壊れた石油ストーブや防水テントがあるだけだった。汚れた窓ガラスを通して、点々とちらばったニッコウキスゲの黄色が見えた。リンドウの紫も目についたが、人影はない。

わけがわからないにせよ、とにかく火はありがたい。太い丸太がまだ半分ばかり残っていて、あと小一時間はもつだろう。手早く雨具と上着をぬいだ。ついでにズボンと下着もとって、タオルで全身をこすりあげ、着替えをした。新しい下着がここちいい。ストーブの焚き口にしゃがみこんで、赤い炎を見つめていた。テルモスのお茶に手をのばしたとき、ガタンとドアの音がした。つづいて引き戸がゴトリとあいて、黒のコーモリ傘に黒のゴム合羽、作業ズボンにゴムの長靴といういでたちの男が腰をかがめて入ってきた。

「やあ」

これだけで一切の挨拶をすませたかのように、ゆっくりと合羽をぬいだ。ついで長靴を引っこ抜き、靴下のまま突っ立って、ストーブに手をかざしている。私は新しいズボンにはきかえた。

しばらく黙っていた。そのうち口がほどけて、どちらからともなく話しだした。その人は滝ノ上からきたという。途中、誰とも会わなかった。とするとストーブの主《あるじ》は、思いきりよく燃えている火元をはなれて山頂へ向かったのだろうか？

「そんなとこだナ」

男は何てこともないようにいった。骨張った顔に無精ひげがはえている。それからやおら針金にぶら下げておいたこちらの下着を指さした。ナントカという新製品のことを聞いたが、これがそれかという。「オーロン」といって、汗に強いと答えると、感心したようにうなずいている。改めて気がついたが、その人は、ゴム合羽の下は直接シャツで、それも首のところをホックで留める式のおそろしく古風なシャツだった。肩のあたりに汗のあとがあるほかは、ぬれてもいないし、しみたけはいもない。

「これは？」

ゴアテックス製の雨具で、こちらは雨風に強いといったことをいうと、やはりしきりに感心している。私はそのとき、ゴアテックス製よりもゴムの合羽のほうが雨風に強いのではあるまいかと、ふと思った。

やがてその人は窓ぎわの台に腰を下ろすと、昔風のリュックサックから竹包みを取り出した。まん丸い、大きなにぎり飯が二つ。それをむしゃむしゃ食べながら、ひしゃげたような水筒をもち上げてラッパ飲みをする。私が熱いお茶をすすめると、首を振った。そして、おまえさんは旅人《たびにん》だから、これからまた必要になる、それだから自分用にとっとくように、といった意味のことを、訛りのつよいことばでいった。

「土地の人ですか？」

こちらの問いには答えず、今日の雨では仕事にならないので、それで山へ来たのだといった。

「三ツ石はいいゾ。年に何度か、きっとくる」

丸太が燃えつきかけていた。シンのところが青白い煙をふいてけぶっている。灰がくずれて、紅色の熾《おき》が顔を出した。

私は雨具を身につけ、リュックサックを担ぎあげた。男は無言のまま、こちらを見ている。

「行くかネ?」

この雨だから山頂はやめにして、松川温泉へ下り、お湯につかって帰るつもりだと私はいった。自分はあまり山頂にはこだわらないので——。

「峯近ければ道けわしなどというが」

男は一つコクリとうなずくと、何やら古めかしい言い方でことばをつづけた。

「ウンウンいいながら登っているうちが、オレもたのしいナ」

挨拶をして外に出た。あいかわらず大粒の雨が落ちていた。霧が層をつくって湿原をつつむようにして流れていく。ミズバショウが、ほどけたように大きな葉をひろげていた。黄色いタンポポのようなものは、ミズギクらしい。しゃがんで、しばらく眺めていた。なぜか、泣きたいようにせつない気持ちがした。どうしてだか、自分にもわからない。

もう一度モグラになって熊笹を突き抜け、同じ道を走り下り、はやくも昼前に松川の宿へもどってきた。朝と同じく孫の守りをしながら、おばさんが玄関に立っている。

風呂をすすめられたが、私はしばらくグスグスしていた。それから山で出くわした人の特徴を、かいつまんで話した。

「滝ノ上の人らしいです」

「ヘイタイのイッペイさんだべ」

「ヘイタイのイッペイさん？」

戦争中、ニューギニアにつれていかれて十三年いた。戦死とされていたのがもどってきて、村の衆を驚かせた。

「でも、それだと七十をこえているはずですね」

戦後五十年、二十で召集を受けたとしても七十歳になる。ならば人ちがいだ。とてもそんな老人ではない。

「山へ入ると若くなる」

おばさんはこともなげにいった。なにしろニューギニアのジャングルに十三年いた。だからイッペイさんは、山へ入って、いつも若返ってもどってくる。ゴムの雨合羽に長靴は、ヘイタイのイッペイさんにちがいない。女房も子供もいない一人暮らし。だが、イッペイさんは何だって器用にやってのける。服のつくろいも上手だ。おにぎりだって自分でつくる。

「こんなにぎり飯でなかったか？」

おばさんは孫の頭をわしづかみにした。それから「ワハハ」と笑った。孫がびっくりしたように大きな目をむいた。

冷えたからだに白いお湯がしみとおった。私には、そのあいだもずっと、なにか泣きたいような気持がしてならないのだった。

▲**三ツ石山**　岩手県八幡平市・岩手郡雫石町　標高一四六六メートル。松川温泉から三ツ石山荘経由二時間五十分。二万五千分一地図「松川温泉」

♨**藤七温泉**　岩手県八幡平市　岩手から秋田へ越える見返峠（八幡平頂上）の南、標高一四〇〇メートルに位置する。宿は旅館一軒（冬季休業）。盛岡駅から岩手県北バス一時間五十分、藤七温泉下車。泉質／泉温＝単純硫化水素泉／九十度　宿＝藤七温泉彩雲荘☎〇九〇－一四九五－〇九五〇へ。

♨**松川温泉**　岩手県八幡平市　裏岩手縦走コースの大深岳東麓、松尾から八幡平へ通じる樹海ライン沿いの松川のほとりに湧く。宿は旅館三軒。盛岡駅から岩手県北バス一時間五十分、松川温泉下車。泉質／泉温＝単純硫黄泉／八十三～八十五度　問合せは、八幡平市役所☎〇一九五－七四－二一一一へ。

♨**滝ノ上温泉**　岩手県岩手郡雫石町　秋田駒ヶ岳と岩手山の山間を流れる葛根田川上流、静かな山峡のいで湯。雫石駅からタクシー三十分。宿は二軒（冬季休業）。泉質／泉温＝単純硫黄泉／七十四度　問合せは、雫石町役場☎〇一九－六九二－二一一一へ。

水晶山

地図には小倉山とあるが、地元の人は「水晶山」とよんでいる。水晶の原石がとれるからだ。山梨県塩山市の北三キロばかりのところ。タケモリという山里が登り口だそうだ。さっそく、リュックをしょって家を出た。

水晶と聞くと、じっとしていられない。ほかにも覚えている。安山岩、鶏冠石、亜鉛鉱、蛇紋岩。なつかしい名前を思い出した。タケモリ産は電気石や草入り水晶が多いらしい。アンモン岩、黄銅鉱、角閃岩、草入り水晶、紫水晶……。

幼いころ、学校の理科標本室ではじめて見た。それは異様な石だった。薄暗いガラス戸棚の中に、先の尖った白い六角柱の大きなかたまりがあった。角柱は同じ方向を向いているのもあれば、ソッポを向いたのもある。小さな生きものがワッと跳び出し、たがいにもつれながら蹴とばしたり突き合ったりして、何とか抜け出ようとしたとたん、一瞬にして石になった、そんな感じだった。六角柱は半透明なのに、根石はまっ黒で、懐中電燈をあてると、キラキラ金色に輝いた。

下駄屋のカッちゃんが紫水晶と草入り水晶をもっていた。何と交換したのかは忘れたが、カッちゃんに草入り水晶をゆずってもらった。小指ほどの六角のかけらに、青いシマ模様が入っている。岩が固まる際に混合物の関係でそんな色になったまでで、熱い溶岩に草がまじりこむはずがない。事実はそうかもしれないが、しかし、私たちは、古代の植物の葉っぱだと信じていた。恐竜や大トカゲがモグモグと食べていたかもしれないのだ。

宝物は机の引き出しにしまっておいた。赤と黄色の横シマの入った丸い石や、トカゲ石ももっていた。トカゲ石は半分に割れた割れ目にくっきりと、トカゲのような模様がついているので名づけたまでで、ただのみかげ石だったかもしれない。

学校に行く途中の山を「金山《かなやま》」といった。むかし、銅を採掘した山で、本当は銅山のはずだが、なぜかだれもが金山とよんでいた。中腹に採掘穴がのこっていて、何人かで探検をした。

入口は大きいが、奥は背を丸めないと進めない。臆病なのが「帰ろう、帰ろう」

というのを、なだめたり、おどしたりしながら前進した。縦穴が口をあけているところがあって、そばを通るとき、足がふるえた。探検の収穫は硫酸銅のかたまりで、見たところは赤茶けた石だが、陽にかざすと青紫色に光った。金槌でかけらに砕き、ジャンケンで分配した。

甲州は丸石信仰が強いらしく、大きな丸石に小さな丸石をのせたのがバスの窓から見えた。降りたバス停が玉石小学校前、近くに玉緒神社がある。石段の上のしめ縄で囲った中に、丸石が重ねてあった。

山梨は水晶の産地として知られている。ハンコ屋が多いのはそのせいだろう。詩人の田中冬二が「甲府にて」という詩にうたっている。

残暑のきびしい甲府の町
私は日かげ日かげと歩いた
水晶を売る家　葡萄を売る家
私は馭者座のカペラルのような
紫水晶の一つを買った

昆虫少年はいても鉱石少年はめったにいないのは、虫は生きものだから動くが、石は死物であって動かないからだろう。それが幼い者にはものたりない。『タルホ流星群』の作者稲垣足穂は数少ない鉱石少年で、父親にせびって標本を整理する戸棚まで買ってもらったというから本格的だ。彼の小説『水晶物語』では、半透明の方解石が生きもののようにしゃべったり、喧嘩したりする。水晶がなぜ六角なのか？　足穂によると、もとはといえば喧嘩のせいで、はじめは一つの大きなかたまりだったが、いつのまにかその各部分に不平が生じ、たがいにせり合い、衝突したので六角柱になった。足穂は少し意地悪く書いている。

「正六角形とは、よろしいかね、最も多く領分を獲ようとするおのおのの勢力が均等な場合には、当然そうならなければならぬ唯一の形式なんだ」

体積が一定で、面積を最小にしようとすると正六角形になる。それは蜂の巣によっても証明される。「あれは材料と労力を出来るだけ節約しようという魂胆なのさ」。

里宮を玉石大明神といって、改築された本殿が立派である。祭神を「天羽明玉命《ウバタマノミコト》」

といい、「高さ七尺余、上六角、大きさ六尺八寸」の水晶の玉石が祀られているという。裏山一帯は、かつて「玉の井の郷」といわれたともしるしてある。まさしく珠玉の山に踏みこんだ。昼なお暗い杉林に、ところどころ木洩れ陽が落ちている。気のせいか、足元の石が鋭い光を放っている。はやる気持を抑えながら歩きだした。

しばらくは杉林で、昼なお暗い。切り開いた急坂の左右に赤茶けた石が積み上げてある。採掘のあとに捨てられたクズ石らしい。竹森では明治初年に採掘がはじまった。大々的に掘ったのは大正から昭和の初めにかけてのことで、甲府市の印材の大半をまかなっていた。学校の教材用に標本を提供したというから、幼いころ、それとも知らず竹森水晶に目を丸くした人がいるはずだ。

小尾根に出た。雑木が繁っていてヤブの中のようだ。赤いテープを目じるしに汗みずくになってヤブをこいでいった。水晶山といっても産するところはかぎられていて、そのほかはふつうの山なのだが、褐色の岩があると、ついさぐるような目つきになる。足元にキラリと光ったのをほじり出したら、小指ほどの小石で、先端が尖っている。ただそれだけなのに、丁寧に土を拭ってポケットに収めた。

二百メートルほどを一気に登ると、山頂に出た。ヤブが刈りとってあって、杉の幹に「水晶山ノ頭」と書いた黄色い紙がビニールで鉢巻のように巻いてある。東側が急角度で落ちこんでいて、谷あいに上条の集落が見える。その向こうに大菩薩の稜線が大きくのびていた。

切り株に腰を下ろして、テルモスのコーヒーを飲みながら、ポケットの小石をとり出した。先っぽがくもったように白っぽいところは瑪瑙のようでもあれば、草入り水晶のかけらのようにも見える。もっとも、そんなふうに見れば見えるだけの話で、道ばたにころがっていれば、ただの小石にちがいない。想像力は視力よりも何倍か強いのだ。

稲垣足穂の短篇では、方解石が円卓会議を開いていた。しかめっつらや、取りすましたのや、狡そうなのが顔をつき合わせていた。石もまた人間と同じように派閥をつくっていがみ合い、意地悪をしたり、出し抜いたりする。石の親分がいうには、「われわれとても互いに他者を排反しようとしている。それで結局、醜悪なる学閥と同じく、ごらんの如きひん曲げられた無数の立方体に分れるんじゃ」。

そういったとたんに、親分自体がピチンと音をたてて真っぷたつに分離してしまった。そのように二個に分かれ、四個になり、さらに八個、十六個というぐあいに分裂していく。

歩きたりないので、ゆるやかな尾根を北へ向かった。三等三角点の小倉山の山頂は工事中で、アカマツを伐り倒したあとに展望台のようなものができかけていた。灌木があって展望がきかないので、その上に展望台をつき出すらしい。ムダの骨頂としか思えないが、工事それ自体に意味があるといったたぐいの工事なのだろう。上条に下る山道がブルドーザーで無惨なかたちでひろげられている。

北の平沢峠に出るつもりが、渓流わきの小さな崖に出てしまった。引き返すのがめんどうなので、根っこにつかまりながら崖を這い下り、石づたいに水しぶきをとびこえた。

桃畑を抜けていくと「ザゼンソウ群落地」の標識が目にとまった。竹森は座禅草の里であって、春になると紫色の花が匂い立つ。季節ちがいだが、こころなしか風にかぐわしい香りがある。鼻もまた想像力しだいで芳香をかぎつける。

「抜隊禅師安住の地」

道のわきに大看板が立てかけてある。少し薄れかけた文字をたどっていくと、戦国時代に、抜隊禅師が当地にやってきて庵をむすんだという。修業の地に「乞食石」「休息石」「達磨石」までがのこっている。もう一つを「富士見石」といって、「抜隊禅師自カラ徒弟ト供ニ坐禅修業シタ奇石ニシテ実ニ風光明媚、向嶽寺ノ向嶽ハ富士見石ガ根源ナリ」。

「抜隊」とは、なんとも不思議な名前だが、おそらく「バッタイ　ゼンジ」と口づたえに伝えられてきたものに漢字をあてたにちがいない。戦乱の世に愛想をつかして山に入った人がいて、里びとに語りつがれ、歴史がいつしか伝説になったのだろう。石にいちいち「現在深沢博之氏所有」などと、所有関係の明示してあるところがリチギである。

水晶以外にもよほど石に恵まれた土地らしく、木立ちの下に「三界萬霊」の雄大な石碑があって、かたわらで大人の背丈の二倍ほどもある石地蔵がすまし顔ですわっていた。

▲小倉山　山梨県甲州市　標高九五四・八メートル。水晶山は個人所有で現在は入山できない。小倉山へは玉宮ざぜん草公園から一時間。二万五千分一地図「大菩薩峠」

天城路

早朝六時、身じたくをして川田写真館へやってきた。ヤッケに防水ズボンに登山靴。ご当主の川田五十六《いそろく》さんは雨ガッパにゴム長、手に小さな袋をぶら下げている。「やあ、やあ」と声をかけ合った。それから朝霧がモヤったなかを、さっそうとワゴン車で出発した。

池の周囲が八丁あるので人よんで八丁池。天城山中、一一七三メートルの高所にある。そこにモリアオガエルがすんでいる。木にのぼって産卵するので知られている。

「まだ冬眠中ですよ」

「ええ、まあ、その眠っているところを、ひと目なりと――」

こちらも酔興だが、川田さんはもっと酔興だ。三十年間、ずっとモリアオガエルを見守ってきた。この十年あまりは毎日通っている。気がつくと日に一度はきっと池にきているというからタダごとではない。

それにしても「五十六」のお名前が気になった。山本五十六元師にちなむものではあるまいか。とすると、わが同輩である。たずねてみると、やはりそのようだ。子供のころ、近くの老人から聞かされた。「天城の深い山を登っていくと、山頂にきれいな池があって、そこには木の枝に卵を産む不思議な青ガエルがすんでいる」

五十六の名前は戦後にはハヤらない。仲間にからかわれた。孤独な少年は山頂の池にすむ不思議なカエルに憧れた。十八のとき、はじめて八丁池を訪ねて写真をとった。心おどらせて現像してみると、カエルと木の葉との区別のつかぬしろものだった。

水生地《すいしょうち》から登りはじめた。大つぶの雨が落ちていた。ブナの古木がそびえている。ヒメシャラの肌がつやっぽい。アセビが群生している。雨の通り場があってゴーゴーと音をたてていた。

川田さんはこの道を、毎日、暗いうちに登って池の生態を観察してきた。モリアオガエルの天敵はフナやイモリといわれるが、最大の天敵は、むろん、人間である。

昭和三十七（一九六二）年、営林署が池のほとりに山小屋をつくり、宿泊、食堂をはじめた。貸しボート、冬はスケートができる。とたんにモリアオガエルが激減した。木に産みつけた卵は白い花をつけたように見える。それまで六百個をこえた卵塊がめだって少なくなった。約二十年間、川田さんの表現によればモリアオガエルの「沈黙時代」である。昭和五十二（一九七七）年に山小屋は取り払われたがカエルはもどってこなかった。

数字は非情である。川田さんの調査による卵塊の数。昭和五十四年、四個。五十五年、二十個。五十六年、七個、五十八年、五個……。カエルはどうやら、お天気のように変わりやすい人間の心を、じっとうかがっていたらしい。十年待って、そっともどってきた。昭和六十三年、二百二個。平成元年、二百二十八個。平成二年、四百六十五個。平成三年、五百四十九個……。

急に視界がひらけて池のほとりにとび出した。霧がたちこめていて大きさがわからない。広大な水辺にきたかのようだ。川田さんはゴム長で池に入り、水温を計ったり、水質を調べたり忙しい。手ぎわがいいのは、毎日の日課であるからだ。誰にたのまれたわけでもなく、一つのことを黙々とつづけてきて、いつしか自分の世界ができた。そんな人に特有のおだやかさと威厳がある。いまや元師五十六の名がぴったりだ。

ボンヤリ立っていると、風のせいか霧が一瞬にして二つに分かれ、八丁池が顔をのぞかせた。対岸に水神さまが祀られている。モリアオガエルには冬眠の終期にあたる。人間は目覚めにちかいころによく夢をみるものだが、カエルも夢をみるのだろうか。あとで写真を見せてもらったが、木にとまった緑の貴公子と淑女たちは、みんないきいきとした、とてもいい表情をしていた。

土地の人の言い方だと伊豆半島の北は口伊豆、南は奥伊豆、まん中にゆるやかなU字型をした山並みがのびている。東西十一里、南北六里、半島の三分の一を占めて、中央にドッカと居すわっている。

八丁池は元々は小さな火口だった。猫越《ねっこ》火山や達磨《だるま》火山、最大のものが天城火山だった。遠い昔、ここには何本もの火柱が蒸気を吹きあげながら燃え立っていた。そんな成り立ちのなごりか、谷は大きく、そこにまた無数の渓谷が走っている。伊豆半島を模型のように小さいと思うのは、車で走り抜ける人の錯覚である。歩くとよくわかるが山は大きく、谷は深い。ブナはわが国の南限にあって、小さいながらも立派なブナ林をつくっている。

狩野《かの》川沿いに細々と天城街道が通じていた。峠を越すのに伊豆の踊子が難儀したように、人の足には難路である。中伊豆は永らく人間よりも、モリアオガエルやイノシシの天国だった。松、杉、樅、欅、桜、梅、柏、これを「天城の七木」といって、木々が思うさま背をのばしていた。なにしろ三方が海であり、まん中にヌッと山脈が盛り上がっている。どちらから水蒸気があらわれても、これにぶつかって雨を降らせる。口伊豆や奥伊豆は晴れていても中伊豆は雨雲をかぶっている。

ここに落ちる大量の雨が名産のわさびを育てた。「畳石式」というのだそうだ。中伊豆町山葵組合の塩谷さんにおそわったのだが、畳状に小石が敷いてあって、水がその上をすべっていく。近頃はポット式が進出してきた。沢が千枚田のように仕切ってあって、雪が消えるとタネまき、草とり、植つけがはじまる。そういえば塩谷さんもヤッケにゴム長。中伊豆にはゴム長がよく似合う。

わさびの栽培は江戸のころにさかのぼる。頭のいい人が豊富な水に目をつけて沢を開いた。組合をつくって本格的に出荷をはじめたのは百年ばかり前のこと。

「ついては、ですね――」

べつに歴史と関連はないのに勢いこんで質問した。かねがね気にかかっていたからである。同じわさびでも大小何種もあって、それぞれ値がちがう。いったい、どのあたりを買うのがもっともトクなのか？

ぶしつけな質問に塩谷さんは笑って答えた。

「それはまあ、お好みしだいで」

「大きいほうがトクですか？」

俗人はあくまで損得にこだわるものだ。微妙なニュアンスの返答を整理して報告すると、大きいからといって必ずしもよくはない。大味だし、わさびは香りのものだから、使いのこしをくり返すのは感心しない。

「小さいのを数多く買うほうがトクなのかな」

あいかわらず塩谷さんはニコニコしている。

関西方面に出荷するものは茎をぎりぎりまで短く切る。東京方面は比較的大きくのこす。なぜか？　関西出身の私は即座に答えて、正解のごホービに形のいいわさびを一本いただいた。ひとことでいえば関西は実利、東京は見ばえ。葉っぱの切り方ひとつでも文化の相違が勘定に入れてある。

道ばたに天下のわさび田がひろがっていて、しかもとりたてて柵といったものもない。不届き者が引っこ抜いていかないか？

「ええ、ときおりございますね」

やはりニコニコしている。中伊豆には、わさび長者がどっさりおられる。金持はケンカしないのだ。

湯ヶ島の露天風呂はお湯がぬるめで、ながながとつかっていられる。目の前は狩野川の支流の猫越川で、石にアゴをのせると目がちょうど水面ちかくになり、川が一瞬ごとに水量と勢いを変えていくのがよくわかる。街道からグンと下っていて、大きな谷全体に渓流の音がひびいている感じだ。匂いもまたたちこめているようで、木や草やコケの匂いがまじり合い、鼻先が何やらくすぐったい。

そのお風呂で坊さんといっしょになった。熱海のさる寺のご住職で、脱サラをして僧になられた。その間、いろいろの雑念や悩みがあったのだろうが、それを問うのはヤボである。

「お湯はいいですね」

「いつまでもつかっていたいですなあ」

熱海は温泉の本場であって、わざわざ湯ヶ島までこなくてもいいようなものだが、しかし、人間は見かけによらず繊細な生きものなのだ。住んでいる町の温泉と旅先のそれとは、ガラリと意味がちがう。

「川端康成が逗留していたころは、どこも混浴だったようですよ」

「そういえば、やっと乳房のふくらみかけた少女のことを書いていますね」

「肩が白くて、湯につかったところが桃色に染まっていたとか、小説家の観察はこまやかです」

齢のせいか、それとも坊さんといっしょのためか、桃色がかった話をしているのに、とりたてて煩悩がわいてこない。そのぶん気がラクだが、ものたりないような気がしないでもない。そんな思いは即座に呑みこんで、湯の中では即身成仏、頭に手拭いを巻き目を半眼にして、坊さんと向き合ったままなおも半時ばかり、のんびりとつかっていた。

翌日、旧天城トンネルから湯ヶ野に出ることにして、滑沢渓谷の林道を歩いていると、かなり古びた標示板が目にとまった。「スギ産地別生長試験林」といって、挿木、実生《みしょう》とりまぜ四百本ちかくが植えてある。クマスギ二十二本、アヤスギ二十九本、オビアカ三十本といったぐあいだ。はじめて知ったのだが、産地によっては杉の品種を入汐、日本晴、鶯宿、相生などともいうらしい。さながら酒の銘柄である。植えられてより三十年ばかりたって、杉はようやく少年期といったところなのだろう。ほっそりしたのが、「前にならえ！」をした小学生のように整然と並んでいる。

そんな一角に並外れて大きな杉が一本、斜面を少し上がったところにそびえていた。名づけて「太郎杉」、天城山系第一の大樹で、樹齢約四百年、根廻り十三・六メートル、目通り九・六メートル、樹高五十メートル。現在は一本だけだが、昭和十年代半ばまでは、同じ滑沢付近に数十本が亭々と天を刺していたという。古代の火柱に似て、これもまた、すこぶる壮絶な眺めだったことだろう。

古い記録には「伊豆手舟」などと書かれている。伊豆はしばしば船を献上した。安政の大地震に下田で船を壊されたロシア人プチャーチンは西伊豆の戸田《へだ》で新船をつくらせた。明治七（一八七四）年新造の軍艦天城は、当地産の材木でつくられたのでこの名がついたそうだ。地底の熱と天からの水が、みごとな巨木を育ててきた。軍国主義の時代、それがつぎつぎと伐り倒されて軍需工場へ運ばれていった。

小学生クラスの試験林にあって四百年の古木は途方もない年寄りのはずだが、幹はあくまで逞しく、枝は黒々と繁って、いまようやく壮年期といったふぜいである。根が激しく波打って山肌をつかんでいる。伊豆の火山帯をつらぬいてどこまでものび、先端は黒潮の海にもとどいているのではなかろうか。

幹を撫でたり、梢を見上げたり、しばらく、ただ呆然としていた。人間は自分の背丈に合わせてものを考えるたちなので、相手があまりに途方もなく大きいと、まるで幻覚じみて見え、手でさわっていても実在感がしないのだ。そのあたりの気持を俳人が巧みに詠んでいる。

郭公や　夜の雲脱ぐ　太郎杉

旧天城トンネルへは入れかわり立ちかわり車がきて、入口で写真をとると、すぐさま走り抜けていく。海抜八〇〇メートルの地点にあって、明治三十七（一九〇四）年、隧道として開削された。切り石巻きという当時の新技術により、長さ四百四十六メートル。トンネルの手前がつづら折りになっていて、ブナやカエデがうっそうと繋っている。あきらかに歩くための道の様式をとっている。明治四十二年、豆北から豆南に抜けた詩人蒲原有明によると、トンネルの天井には十本もの太いつららがさがっていたそうだ。

リュックサックをゆすり上げて入っていった。ひんやりした、しめっぽい空気が顔を撫でていく。足音がひびいて、目に見えない同行者がいるかのようだ。前方の白い半円にライトが二つあらわれた。怪獣の目玉のように音もなく近づいてくる。振り返ると、うしろにも二つ。旧トンネルはすれちがいができない。目玉同士が角突き合って、どちらがいくかモメていたが、一台がしぶしぶバックしはじめた。こころなしかジャンケンに負けた子供のようにうなだれている。談合を制したほうは、これもこころなしか凱歌をあげるかね合いで、ひた押しに押していく。車に乗ったとたん、人はどうやら幼児の知性に舞いもどるようである。

眩しい明るみのなかにとび出した。トンネルから出たという以上に、隧道をはさんで北と南の風土に、あきらかにちがいがある。なかなか新鮮な体験だと思うのだが、これは歩かないとわからない。大気と温度が大きく変わる感じだ。北から登りつめて、あたたかい海に抱かれた南国にと入っていく。

河津側に下りていくと山並みがにわかに小振りになって、里山の雰囲気に移っていた。白い羽虫がとんでいる。椿が赤い花をつけていた。ミカンやソテツがあらわれた。小説『伊豆の踊子』が永遠の青春性を失わないのは、幼い二人の幼な恋をつづっているからだけではないだろう。寒々しい北から生気みなぎる南国へと、一路走り下る物語でもあるからだ。エッセイ「私の伊豆」によると、川端康成は旅まわりの踊子とともに、移動動物園の象やラクダがのそりのそりと南へ下っていくのも見かけたようだが、むろん、小説には採用しなかった。いかにも南国向きのシーンではあるが、象の巨大なお尻や、まのぬけたラクダの顔は若々しい青春風景にはそぐわない。

宗太郎園地の杉並木に入ったとたん、バケツをぶちまけたような雨になった。はじきとんだ雨つぶが白いヴェールをつくり、すべるように走っていく。河津川の水源にあたり、気がつくと水はこれまでとは逆に南へ流れていく。河津七滝をすぎれば湯ヶ野で、湯けむりの立つ共同風呂が待っている。いたずら者の雨雲をひと睨みしてから、トットと坂道を下っていった。

▲八丁池　静岡県伊豆市　標高一一七〇メートル。水生地下バス停から水生地歩道経由二時間十五分。二万五千分一地図「湯ヶ島」「湯ヶ野」

♨湯ヶ島温泉　静岡県伊豆市。下田街道から西に入った山あいの温泉地。古くから文人たちに愛された。旅館・民宿十三軒。伊豆箱根鉄道修善寺駅から新東海バス三十分、湯ヶ島温泉下車。泉質／泉温＝単純温泉、石膏泉ほか／二十九〜六十五度。問合せは、伊豆市役所☎〇五五八－七二－一一一一へ。

♨湯ヶ野温泉　静岡県賀茂郡河津町。河津川のほとり、天城の山並みが迫り、いで湯情趣豊かな温泉地。旅館四軒。伊豆急行河津駅から南伊豆東海バス十五分、湯ヶ野下車徒歩二分。泉質／泉温＝含食塩芒硝泉／六十二・五度。問合せは、河津町役場☎〇五五八－三四－一一一一へ。

会津・小野岳

会津鉄道の湯野上温泉駅は、駅舎はモダンだが、駅前は昔ながらのたたずまいで、ゆるやかなT字型をしている。そのTの字の横棒は旧会津西街道、一キロばかり西へ行くと温泉街に入る。北にお碗を伏せたような半円を描いているのが小野岳だ。中味のドンとつまった巨大な饅頭を半分に切ったぐあい。

タクシーの車庫の前で、運転手と事務のおばさんが小手をかざして立っていた。のそのそと近づいていくと、おばさんがこちらを見た。

「お客さん?」

乗るのか、という意味らしい。うなずくと、また小手をかざしてT字路を見た。おっつけ、ピカピカの新車がくる。買い替えたので、販売店が届けにくる。

「急ぎますか?」

「いいえ、ちっとも」

小野岳に登り、なろうことなら湯野上温泉でひと風呂あびて、今日中に東京へ帰ればいい。並んで同じように手を額にかざして佇んでいた。

なにしろ眩しいのだ。空は小学生がクレヨンを塗ったような青一色。夜の大雨が空のチリやゴミを、きれいさっぱり流し去ったらしい。ピカピカの空の下で、ピカピカの新車を待つのは悪くない。

「昨夜はどこにいましたか？」

「会津若松、東山温泉です」

「ホホウ、そりゃあよかった」

「でも大水でしたよ。源泉に水が流れこんで、朝風呂は入れませんでした」

「ヘエ、そりゃあ災難だ」

たがいに目をしばたきながら、運転手さんとそんなやりとりをした。夜ふけに風呂へいくと、目の下にあるはずの川が、すぐ目の前にあった。太い、まっ黒な水の帯にふくれあがって、すべるように下っていた。

「オッ、来た、来た！」

胸当てのついた白い作業服の青年がとび降りて、ペコリと頭を下げた。かわって運転手さんが乗りこんで、しきりにエンジンをふかしている。

「さ、どうぞ」

「ヘェ、乗りぞめだ」

座席にも床にも、まだビニールの覆いがついている。古ぼけた登山靴と、むさくるしいリュックサックの男にはちょうどいい。

「宿《しゆく》に寄ってきますか？」

大内宿といって旧街道の宿場がある。国道からそれていて、そのため旧来のままに残った。昔は古いというだけの家並みだったが、当節はそれがむしろ新しい。日曜日には親子づれやアベックが車でドッとやってくる。

「デントウケンゾウブツチクじゃけに——」

役所用語で「重要伝統的建造物群保存地区」というらしい。道の両側にカヤ葺き屋根の家が並んでいる。おもてが開け放してあって、お土産品や古い家具が並べてある。民宿、お休み処、「ご自由にお入りください」の看板。

それ自体はドッシリとしたつくりなのに、へんにバラックじみている。生活の知恵が生み出したはずの家並みが映画のセットのように安っぽい。駐車場に色とりどりの車がとまっていて、キョロキョロしながら見物人が歩いていく。ケチな「保存地区」は猫撫で声のようにいやらしい。

林道の入口で降ろしてもらった。おつりの三十円は乗りぞめのご祝儀。

「神棚にまつっとこう」

そんな声に送られて、トコトコと歩きだした。

ひとり登山のとき、独立峯は安心だ。道に迷う心配がない。ひたすら登って、登りつめたらあとは下るだけ。青々とした田んぼの向こうに、大内宿が茶色のシミのようにひろがっている。

沢が水しぶきをあげていた。それをひとまたぎして森に入った。しめっぽい地表から、やわらかい匂いが立ち昇ってくる。白々とした木洩れ陽のなかを、薄い絹をひろげたようなモヤがゆっくりと流れていく。鉄塔をすぎるとブナ林になった。かなり急な斜面に点々と巨木がのびている。太い幹は根もとがコブ状に盛り上がり、怪獣の脚さながらだ。枝がのび葉が繁って、天蓋のように頭上を覆っている。そこに陽が射し落ちて、夢みるような色合いのサラセン模様をつくっている。

ジグザグに登るにつれて、天蓋が低くなり、やにわに尾根へとび出した。文字どおりの山の背中を一度下って、また登り返す。ときおり風が吹き上げてきて、汗みずくの全身にここちいい。鳥影のようなものが目の前をよぎって、瞬時に消えた。あらためて気がついたが、六月だというのに鳥の鳴き声を聞かない。

左に踏み道が下っている。しも手に沼があって、江戸のころ、会津一帯が旱魃にみまわれると、人々はここに牛の首を投げこんだという。するときっと恵みの雨が降った。ダケカンバの葉がかさなり合っていて、背のびしても何も見えない。

さらにひと登りして、頂上に出た。標高一三八三メートル。小さな石の祠があって、影を投げかけてくる木の枝に登頂記念の札が吊るしてある。

いい気分だ。「指呼すれば、国境はひとすじの白い流れ」。詩の切れはしが意味もなく浮かんでくる。いや、意味もなくというのでもない。山のつらなりが、うねうねとした白っぽい国境をつくっている。磐梯《ばんだい》山は、その特異な山容からしてすぐにわかる。西のあれは博士山だろう。とすると、となりは明神ヶ岳。東の尖りは大戸岳らしい……。山頂にいるときにおなじみの、じれったいようなあの気持だ。見えるかぎりの風景を、そっくり目に収めようとする。

昨夜の大雨が洗い出したのかもしれない。白い枯木が一本、祠のうしろに突き刺さったようにして立っている。大きな鳥の骨格が天に向かってクチバシを突き立てているかのようだ。

巨いなる鳥の
飛びたちかぬる
すがたして
千とせ経し

詩人の安西均が、ある山のいただきで松の枯木を見かけたそうだ。のちにふたたび出かけたところ、影もかたちもない。里の人にたずねると、夏の台風が吹きとばしたのだろうという。しかし詩人はそんなふうには思わなかった。

おもふらく

ふるさとに
よるべなき
精霊のごとく
かなしびの
嵐にまぎれ
そは　いづかたとなく
天翔りたるにあらずや

小野岳の枯木の白鳥は、クチバシを天にさしつけたまま微動だにしない。おひるにはまだ早いので、背をこす鬼アザミをかき分けて下りにかかった。あまり人が来ないとみえて、踏み跡がハッキリしない。そこへもってきて昨夜の雨が好き勝手な道すじをつけている。しかし、まあ、西南の方向さえまちがえなければ、麓の観音堂に出るはずだ。

たっぷり水を吸った地表はゴムのように滑りやすい。数えきれないほど何度もころんだ。そのうちおもしろくなって、自分で自分に気合をかけながら、スキーをつけているつもりで両足をそろえ、斜面をすべり下った。

「右カーブ、よし。左、杉の木あり、アハトゥング、アハトゥング！（注意、注意）」

いまさらながらドイツ語が号令に便利なことばであることを思い知った。もっとも、からだのほうは注意するひまもあらばこそ、まっしぐらに杉の木めがけて突進していく。ドロまみれになって観音堂の境内にころげ出た。

もったいないことながら、本堂を拝借して下着と服をとりかえた。さんざんころんだので、リュックのおにぎりが踏んづけたようにひしゃげている。食べおわり、テルモスのお茶を飲むと、とたんにからだが冷えてきた。お湯が恋しい。

駅前にもどって、タクシーのおばさんに声をかけた。

「湯野上温泉では入浴だけできますか？」

「でけます、でけます、ここで、でけます」

「温泉で？」

「ハイ、ここで。いますぐに入れます」

話がトンチンカンなのは、こちらが悪い。おばさんのいうには、当駅前もすでに湯野上であって熱い湯がきており、T字路の角の旅館は入浴だけでもOKで、だからして、いますぐにも入浴できる。

小野川が大川にそそぐところに深い渓谷がひらけている。その谷に向いてお風呂があった。熱い湯が全身にしみわたる。気が遠くなるほどここちいい。ひとごこちついて気がつくと、からだのあちこちに打ち身のあとがある。即席の泥スキーヤーの戦果である。

窓から湯気がユラユラと立ち昇っている。目の下に濁り水がかぶさり合って、岩を押し流す勢いで流れていく。水音が高まったり低まったりする。窓わくに肘をついて眺めていたら、心がどこか遠いところへ飛んでいった。

そは　いづかたとなく
天翔りたるにあらずや

私は鳥のまねをして唇をすぼめ、窓からおもいきり首を突き出した。

▲小野岳　福島県南会津郡下郷町　標高一三八三・四メートル。大内登山口（一時間三十分）小野岳（一時間五十分）湯野上温泉駅。二万五千分一地図「湯野上」

♨東山温泉　福島県会津若松市　会津若松市の中心地から南東へ四キロの湯川沿いにある大温泉地。宿は旅館、ホテル十七軒。磐越西線会津若松駅から会津バス二十分、東山温泉下車。泉質／泉温＝含食塩石膏泉／五十～六十度。問合せは、会津若松市役所☎〇二四二－三九－一一一一へ。

♨湯野上温泉　福島県南会津郡下郷町　南会津・日光街道に湧く。湯野上温泉駅から南へ、阿賀野川の両岸に旅館、民宿など二十軒が散在。会津鉄道湯野上温泉駅から徒歩十五分。泉質／泉温＝アルカリ性単純温泉／六十五～七十度。問合せは、下郷町役場☎〇二四一－六九－一一二二へ。

雌阿寒岳・雄阿寒岳

名前からイメージをもっていた。ごく凡庸なもので、雌阿寒岳《めあかん》はやさしく稜線をのばしていて、山頂が乳房のような丸みをおびている。いっぽうの雄阿寒岳《おあかん》はがっしりとした岩山だ。頂上が力こぶのようにモコリと盛りあがっている。

来てみると、まるきりちがっていた。雌阿寒はパックリと火口をひらいて白煙をなびかせ、硫気を吐いて岩場と砂れき地がすさまじい。これに対して雄阿寒は、すっきりとしてピラミダルな三角錐だ。見たところ雄阿寒のほうが雄大だが、実際の標高は雌阿寒のほうが一三〇メートルちかく高いらしい。だが、登るとなると雄阿寒のほうがずっと体力と時間を要するという。雌と雄とのかかわりは山にかぎらず、単純なようで、結構いりくんでいるものである。

「先にオンネトーを歩きませんか」

佐藤文彦さんにさそわれた。北海道上川郡上川町の住人で、「風の便り工房」当主である。工房の主な業務をたずねると、べつに業務はないという。去年までは勤め人だったが、思うところあって定年を待たずにやめた。風の便りに、そんなことを聞いていた。色あくまで黒く、歩きながらカッと狼のように口をあけて男性的なツバを吐く。なみの勤め人でなかったことが察しられる。「文彦」と書いて、なぜか「ヤスヒロ」と読み、この点でも尋常の人ではない。通称「やっさん」。笑うと子供のような顔になって、まさしく、やっさんである。

「オンネトー？」

阿寒湖の南西の小さな湖で、アイヌ語で「老いた沼」といった意味だそうだ。ほかにもアイヌ語に由来するペンケトーやパンケトーがある。なにしろこちらは雌阿寒と雄阿寒のかかわりにもこんがらがるほどなので、アイヌ語まではとても手がまわらない。

オンネトーのまわりにアカエゾマツの原生林がひろがっている。湖に倒れこんで、白々と枯れたのもある。火山地帯なので根を下にのばすことができない。水辺にそってすすんでいくと、仰向けざまにころがったのが、根かたを上に浮かせていた。

「あられもない、といったふぜいですね」

風の便り工房主人がジロリとこちらを見た。私はあわてて釈明した。根かたに妙な穴があいていて、まわりにヒゲ状の草がしげっている。いかにも生きものが恥部を露出したぐあいではないか。

「学説ですか?」

真顔で問い返されたのでまごついた。

「いえ――まあ――そんな気がしただけで――」

「こりゃあ新説だ」

シャクナゲが群生していた。うす紅の花が可憐である。アカエゾマツの大木は四十メートルにものびる。樹皮は赤褐色でウロコ状をしている。芽ばえたばかりの幼木、若木、壮年期、老木。よく見ると、奥にるいるいと、倒れていて、それぞれが朽ちていく。朽ちるプロセスにもいろいろあって、まだ生気盛んなのもあれば、形もわからないほどに崩れ、半ば土に帰ったのもある。そこに苔が生え、キノコがとりつき、やわらかく地表を覆っている。佐藤文彦さんの説明は簡にして要を得ている。そこに「あられもない」のセンセーがとんちんかんな質問をする。

「新説ですな」

何度か、からかわれた。

この手の初心者のため阿寒湖畔にビジターセンターが設けられている。カルデラの成り立ちからマリモのこと、阿寒の植物や動物がパネルや模型で示してあって、ビデオやスライドで居ながらにして勉強できる。

「寄っていきますか？」

勉強は大切だが、なんとなく気が重い。

「それとも湯の滝にしますか」

オンネトーの湖畔から一・四キロのところに大きな湯滝がある。三十メートルの高みから湯水が湯煙をあげながら落ちている。斜面に露天風呂がしつらえてあって、誰でも自由につかれる。

ビジターセンターは後日にまわして、いそいそと湯の滝に向かった。勉強はいつでもできるからだ。しっかりした林道を三十分ばかり歩くと小広場に出た。正面はなだれるような崖で、岩づたいに二筋の湯水が太い糸をつくっている。淡い霧のように湯煙がたちこめていた。

オンネトー湯の滝

石段をのぼったところがコンクリートの湯船になっていて、澄んだ湯が流れこみ、流れ出ている。誰もいない。

「脱衣所で服をぬぐと、湯からあがったとき不便ですよ」

工房の先生を指導した。お湯とくれば、こちらは年季が入っている。脱衣所にもどる際、足の裏がよごれて厄介だ。湯船のすぐわきでぬぐのがよろしい。

ちょうどの湯かげんで、目の下は一面の深い緑、カッコウが鳴いている。乾いた風がここちいい。眠気を覚えながら、うっとりとつかっていた。早朝、東京・羽田を発った。午後、北海道の原生林のなかの湯壺にいる。文明は思いもかけないことを、こともなげに実現する。その途方もなさに、ただ夢見ごこちになるしかないのである。

この日は雌阿寒温泉に泊った。三軒の宿が隣合っていて、正確にいうと向かって右の一つがオンネトー温泉、左の二つが野中温泉である。道路わきに「国有林野貸付地」の白い標識があった。これによると所在地は「北海道足寄郡足寄町茂足寄国有林足寄事業区五六八林小班」と、なんとも、ものものしい。貸付を受けるための書類提出の際に届け出る必要があって、そのため別々の名前がついたらしいのだ。

ついでながら、標識柱のすぐわきに大看板が立てられていた。自然休養林の森林環境整備協力を呼びかけている。自然を愛し、守っていくために施設をつくり、環境の保護と美化につとめているから協力を願いたいというのだ。実践の一つらしいがログハウス風の公衆便所が建てられていた。「さわやかトイレ整備事業」さらにカッコして環境庁北海道補助事業とうたってある。建てたあと、つくりっぱなしのけはいが濃厚だ。まわりの深い緑のなかで、こげ茶色のログハウスがなんとも場ちがいであって、これ以上ないほど環境を破壊し、悪化させている。

オンネトー温泉の露天風呂の入口に、手書きの紙が貼ってあった。マジックペンで、いかにも一生懸命に書いたといったふうで、「男」と「女」が丁寧に色わけされ、それぞれに矢印がついている。指示に従って男に向かうと、ま新しい板塀で囲った狭いところに、男性四人がひしめいていた。釣り人らしく釣りの話をしていた。釣りの話をして、釣りの話しかしない。囲いのきれたところが女性用と合わさっていて、そちらは何倍も広いのである。無人をいいことに広いところでプカプカ浮いていた。釣り人は釣りの話をして、なおもあきずに釣りの話をつづけている。

なぜ女性用がグンと大きいのか？　あとでわかったが、小さな宿を、ご夫婦で維持していて、ご主人が倒れたあと、からだが不自由になった。いまは一切を働きもののおばさんが切り盛りしている。そんな事情あって、男女の矢印が定まったらしい。

「あいているほうに入るといいヨ」

いたっておうようである。しらしら明けにのぞくと、湯を落とした広大な湯船を、おばさんが長靴をはいて、せっせと磨いていた。一日でも休むと硫黄がこびりつく。夜明けの力仕事のおかげで、プカプカ浮いていられたわけだ。

翌朝、いまにも泣き出しそうな空を見上げながら登山口を出発した。アカエゾマツが行列をつくったようにそびえていて、壮厳な舞台の中に入っていくようで晴れがましい。エゾマツ、トドマツが腕を組んだ戦士のように突っ立っている。

針葉樹林帯を抜けると、みるまにまわりの木々の背が低くなって、はやくもハイマツがあらわれた。雌阿寒の特徴で、ダケカンバの林帯がなく、直接、ミヤマハンノキやナナカマドなどの低木林に移っていく。そんななかに異様なものを見た。白骨のように白々と幹だけがのびて、枝にあたるものが、すべて地上から一メートルばかりのところに密生している。まるで木肌のズボンを足下にずり下げたぐあいである。

「こんなふうにして冬を越してきたわけですヨ」

佐藤さんがいたましそうにいった。つまりは雪と寒さがこの異様な樹相をつくりだした。おもわざるところに根を下ろしたエゾマツの雄々しい姿というものだ。

岩場の手前で休んでいると、中年のご夫婦が下りてきて、ものいいたげに腰を下ろした。マイカーで寝泊りしながら山をまわっており、六日間で四座を制覇したという。今日は雌阿寒で、明日は雄阿寒岳。ついては世の中と隔絶しているのだが、この近日、変わったことは起こらなかったかと、突然、世情を問われたのでへどもどしていると、ご主人はかたわらの相棒に目を向けた。

「や、佐藤さんじゃありませんか。私も佐藤です」

「ハァー」

同姓のよしみで話がはずみそうだが、べつにそんなふうにはならず、無愛想な二人に見切りをつけたように、ご夫婦は勢いよく腰を上げ、せかせかと下っていった。

「百名山組かしら？」

「たぶんね」

雌阿寒岳は深田百名山に入っていないが、雄阿寒の対の山として、別格本山といった格式らしい。それにしても風の便り工房主人の威光はどうだ。

「顔が北海道中にウレているのですね」

「いや、ここを見たのですよ」

シャツの肩のところに〈佐藤〉の縫いとりがある。縫いとりを手がかりに高山植物を同定するようにして名前をいいあてられたらしい。

風が霧を追い払うと、息を呑むようなパノラマがひらけていく。オンネトーが銀紙を貼ったように光っていた。右手に大きく盛り上がったのがフップシ岳。広大なハイマツ帯のなかに、さきほどの佐藤夫婦がチラリと目に入ったが、すぐにガスがかかって、幕を引いたようにパノラマが閉ざされた。

いちめんの砂れき地になって、そこに白や黄色の小さな花が群生している。白いのはメアカンフスマ、黄色いのはメアカンキンバイ。それぞれに「メアカン」がつくのは、花に特徴があるからだ。巨大な岩のわれ目に根をはやしたのが、吹き上げる強風を受けて、ちぎれそうに身を揺すっている。風がとだえると、こともなげに咲いていてすずしげだ。雨の日にはきっと滝のようにしずくをたらし、根は一滴の水分ものがすまいと、はげしく争っているのだろう。

頂上に近づくと、足元からゴーゴーとジェット機のような轟音がひびいてきた。新旧いくつもの火口があって、噴気孔から激しく硫気を噴き上げている。それはジェット気流と同様の激しさで、つまり山全体が、飛び立とうとするジャンボ機の体勢にあるわけだ。巨大な岩塊の重みが、わずかに地表から浮上するのをさまたげている。

火口をまわって頂上に着いた。天気がよければ足下の火口原にある赤沼や青沼、また美しい円錐形の阿寒富士が見えるそうだが、濃い霧が押し寄せてきて何も見えない。コンクリートでかためた台座があって、上に北海道がレリーフ状に描かれていた。へこんだ一点が現在地にあたる。自分の居場所を手で確かめると、なんとなく納得する思いがした。地をふるわせるジェット噴流に背を向けて、大いそぎで下山にかかった。

翌日は快晴。澄み返った朝の空が目に眩しい。光のせいだが、それ以上に前夜、たしなんだアルコールのせいである。雄阿寒をめざして阿寒湖畔の滝口から黙々と歩きだした。

「熊出没注意」の大看板が立ててある。横に小さく「——目撃情報があります」とついていて、——のところに日付と場所を書き入れる。せっかくの町当局の配慮だが、二日酔いの頭には何の感銘も与えない。

「熊出没とありますが、もともと熊がいた山ではありませんか」

アクビを噛み殺しながら、前の主人に話しかけた。

「そういうわけです」

ナマアクビまじりの声が返ってきた。

「とすると、〈人間出没注意〉のほうが正しいのではありませんか」

「まったく熊さんには迷惑な話です」

その迷惑の当事者が浮かぬ顔で歩いていく。天をつく大木の幹に、まん丸い穴があいていて、ふちがドーナツ状に盛り上がっている。クマゲラがつついたあと、樹木自身が自然治癒の手つづきをほどこした。自然界はたがいにいたわりがあるが、人間はナサケ容赦がない。「あと四五〇〇m」と書いた板が生木に五寸釘で打ちこんである。

「針金で縛ったのもありましたね。いったい、どういう神経だろう」

「キロメートルという便利な単位があるのに、どうしてそれを使わない」

二人して、かわるがわる息まいた。針金は、木が成長するにつれて幹に喰いこんでいく。距離の表示も同様で、あと四・五キロといわれれば元気がわくが、あと四五〇〇メートルといわれると、数字が太い針金のように全身をしめつける。人間は見かけによらず繊細な生きものであって、数字のあたえるニュアンスひとつで、元気づいたりショゲ返ったりするのである。

「一本立てましょうか」

すでに三本目である。おあつらえの木陰を見つけて、ヘナヘナとすわりこんだ。足下に阿寒湖がひろがっていた。三方をつまんで、引っぱったような形をしていて、そこに大島、小島、ヤイタイ島が浮かんでいる。昨日登った雌阿寒岳に、刷毛ではいたような白い雲がかかっていた。

汗みずくのからだに木陰がここちいい。

「すぐ休みたくなるのは脚が怠けているのではなく、それだけ椅子がステキだからであって、すわってみない手はないのです」

都合のいい理屈をひねり出した。

「ここは永久に休みたくなるソファーですね」

汗といっしょに昨夜のアルコールがしみ出たようで、気のせいかからだが軽くなった。

「あと四〇〇〇か。シャクにさわるなァ、この表示」

「あると、つい見てしまうものですからね」

シャクを杖にして、思いきりよく立ちあがった。

雄阿寒は気まぐれな雌阿寒とちがって、植生がきちんと揃っている。針葉樹林帯が終わると、針広混交林、ついでダケカンバ林帯。どこまでもつづく急坂にアゴを出しかけたころ、ミヤマハンノキやミネカエデなどの低木があらわれた。つづいてハイマツ林帯がはじまって、ひと息ついた。

八合目の出っぱりに太い門柱のようなものが二基あって、あたりに石組みがのこっている。雄阿寒気象観測所といって、昭和十九（一九四四）年十月から二年ばかり、観測所が置かれ、職員が常駐していた。年代からもわかるとおり、職員は気象よりも、より多く北方の敵をうかがっていたはずである。戦争はつねに最先端の科学と手をたずさえて進行する。

象の背中のような大きな山塊をかすめ、こんどはラクダのコブのような突起をのぼり、一度下って、のぼり返すと山頂に出た。独立峯なので、おそろしく展望がいい。ペンケトー、パンケトー、ヒョウタン沼、屈斜路湖、斜里岳、知床半島……。

昼食のにぎりめしを頬ばりながら、うっとりしていた。まさしく、いつまでもすわっていたい椅子というものだ。入道雲が巨大なかたまりをつくって盛り上がっている。天の重さを受けとめる柱のようでもあれば、鈍重なからだをのばして、天をのぞこうとしているようでもある。私はリュックサックを背中にあてて、石のソファーに寄りかかった。天と地のあいだにあって、魂の昇天に立ち会うとしよう。つまり、やにわに襲ってきた猛烈な睡魔を、そんなふうにいってみたまでである。

▲**雌阿寒岳**　北海道足寄郡足寄町・釧路市　標高一四九九メートル。雌阿寒温泉登山口から二時間二十分。二万五千分一地図「雌阿寒岳」「オンネトー」

▲**雄阿寒岳**　北海道釧路市　標高一三七〇・四メートル。滝口バス停から三時間三十分。二万五千分一地図「雄阿寒岳」

♨**雌阿寒温泉**　北海道足寄郡足寄町。雌阿寒岳登山口にある山のいで湯。オンネトー温泉景福は休業中。根室本線釧路駅から阿寒バス二時間、阿寒湖畔下車後タクシー二十分。泉質／泉温＝含食塩石膏硫化水素泉／四十二度。問合せは、山の宿野中温泉☎〇一五六－二九－七三二一へ。

♨**オンネトーの湯滝**　北海道足寄郡足寄町。雌阿寒温泉の南二キロにある湖オンネトーからさらに一・四キロ。三十メートルの湯の滝と露天風呂がある。根室本線釧路駅からバス二時間、阿寒湖畔下車後タクシー二十分。駐車場から徒歩二十分。泉質／泉温＝正苦味泉／四十三度。問合せは、足寄町役場☎〇一五六－二五－二一四一へ。

阿寒湖を見下ろす雄阿寒岳への登り

あとがき——山を下りてくると……

山を下りてくると、町がへんに明るい。いつも奇妙な感覚にみまわれる。町がたいそう明るいのだ。昼間だと目をあけられていられないほど光が射しこめている。雨の日でもそうだ。夕方であれ夜であれ、足がすくむほど明るい。見知らぬ遊星に降り立ったようにして、そろそろと明かりの中へ入っていく。

つい前日は渓流がしぶきをあげていた。つめたい山の水は生きている。さまざまな声をあげ、石を切るようにして下ってくる。風が起こると、木々が騒ぎはじめる。山の木もまた、むろん生きている。踊るように枝をふるわせ、呟いたり笑ったりする。その上は果てしのない夜の闇で、銀河が太い帯になって流れていた。

山を下るとき、ただ黙々と下ってくる。何時間もつづく単調な歩行が催眠術のように作用するのだろう。すでに何日も、いや、何年もずっと同じ歩調で歩いてきたような気がする。背中に何か生きものを背負っていて、それが小さな声でささやいているかのようだ。立ち並ぶ木々に陽が射し落ちて、地上に優雅なレース模様をつくっている。町が近ずくと、全身の骨がきしるような痛みを覚える。

つづいて感じるのが、あの明るさだ。山を下りてきたときのあの法外な明るさ。異界に迷いこんだような心もとなさと懐かしさ。

そんなとき、目に映るすべてがなぜか、輪郭するどく視覚を刺激してくる。シャレた新建材の家の玄関に一つだけ不似合いな古い標札。美容院の入口にうずくまっているこましゃくれたスピッツ。肉屋の店先で立ち話をしている女の口元。不格好なスカートと太い脚。見るつもりはないのに、あらゆるものが目にとびこんでくる。

たぶん、山と町とは同じ緯度にあっても季節がガラリとちがうのだろう。山では散る桜が夏のしるしであって、落ち葉は秋ではなく冬のはじまりだ。

山がたのしいのは、このような小さな異界往来ができるからだ。背中のリュックサックには、実のところ生きものではなく、山のカレンダーが収まっている。奥に入っていくにつれ、水気を含んだ別の季節がやってくる。鳥が挨拶を送ってきた。ソーダ水を飲んだような声のやつもいれば、甘酒をきこしめしたようなおどけた鳥もいる。

山にいるあいだ、ほとんど話さないが寂しいほどのことはない。山の宿の簡素な夕食のあと、ウィスキーのポケット瓶を傾けながら好人物の主人とことばを交した。

「いい匂いがしますね」

「野ブドウのジャムをつくっているのです」

「イワナは燻製にするのですか?」

「たいしてうまいもんじゃありませんよ」

「週日は人がきませんね」

「ここは場所が中途半ぱですし、とりたてて高い山もありませんから」

「おや、月が出ました」

「山で見る月は青みがかっているでしょう」

「遠い北の海の海底にいるような気がします」

「ハハハー、お客さんは詩人だ」

明るい駅で電車を待っていると、そんなやりとりのかけらが頭をかすめる。ほんの昨夜のことなのに、ずっと遠い昔のような気がしてならない。駅舎の時計は音もなく針がすすんでいく。駅前の菓子店にはジャムやクリームがどっさりあるが、これっぽっちも匂いがしない。食パンのような平和とやすらぎ。

ひさしぶりにうまい珈琲を飲みたいし、友人と話もしたい。そんなことを思いながら、ゆっくりとあくびをして人の住む町へともどっていく。

はじめての山の本、いちどつくってみたかった本ができた。「ヤマケイJOY」に連載したものが母胎になっている。そのときの編集長を森田洋といった。森田さんと、よく山へ出かけた。仕事仲間というだけでなく、人生の絶妙な相棒を得た思いだった。そして森田さんを通じて、いろんな人と知り合った。永らく大学に勤めていた私には、およそちがった世界の人々だった。そして、ちょうど山に登るときの歩調のように、ゆっくりと別の世界がひらけていった。

山の本を読むのが好きで、内外を問わず、これまでひろく読んできた。自分が書くことになるとは夢にも思わなかった。手さぐりするようにして書き方をさがし、考えた。思いが深いと、ついおセンチになる。気どったりすると、美文調になる。自然のふところに入りすぎると、人の幸を忘れ、ひとりよがりになる。大きな山のその大きさと、誰にたのまれたわけでもないのに、大汗かいてよじ登ることのたのしさとおかしさがつたわればいい。また、下りてくると気のせいか、ほんの少し知恵ぶかくなっていることも。にわか賢者を里の湯煙がつつんでくれる。

多くの山旅に山の写真家、新妻喜永さんが同行くださった。私は歩くにも書くにもまごついたが、新妻さんは音もなく前や後を歩いて、いつのまにかすてきな写真がとれていた。本をつくるにあたり、そこから少し選んでいただいた。

あらためて山と溪谷社の森田洋さんに感謝する。文中にそっと登場していただいた人々、また「山の本」の簑浦登美雄さん、「旅」の竹地里加子さんをはじめ、書く場を与えてくださったみなさん、どうもありがとう。

一九九八年八月　池内　紀

鳩ノ湯温泉三鳩樓で

■初出誌

檜原村（「東京人」一九九四年十月号）、**乾徳山**（「山の本」15号・一九九六年）

白山（「山の本」17号・一九九六年）、**大峰山**（「山の本」22号・一九九七年）

二十六夜山（“Gas Epochs”一九九七年）、**道志村**（「JR東海」一九九七年二月号）

秋田駒ヶ岳より八甲田山まで（「ヤマケイJOY」一九九六年春号より一九九七年冬号まで連載）

峠の山道（「山と溪谷」一九九八年五月号）、**霧の早池峯山**（「旅」一九九六年十月号）

鬼怒沼山（「岳人」一九九八年五月号）、**安達太良連山**（「ノーサイド」一九九五年八月号）

最上源流（「頓智」一九九五年十二月号）、**二岐紀行**（“Esquire news”一九九五年十二月号）

四国・剣山（「ヤマケイJOY」一九九八年春号）、**会津・七ヶ岳**（「山の本」10号・一九九五年）

三ツ石山（「山の本」13号・一九九五年）、**水晶山**（書き下ろし）、**天城路**（「旅」一九九八年六月号）

会津・小野岳（「山の本」12号・一九九五年）、**雌阿寒岳・雄阿寒岳**（書き下ろし）

本書は一九九八年発行の『山の朝霧　里の湯煙』（山と溪谷社）を文庫版に改めたものです。

各文末の登山、温泉データは二〇二〇年三月現在の情報です。

山の朝霧　里の湯煙

二〇二〇年六月一日　初版第一刷発行

著者　池内　紀
発行人　川崎深雪
発行所　株式会社　山と溪谷社
郵便番号　一〇一―〇〇五一
東京都千代田区神田神保町一丁目一〇五番地
https://www.yamakei.co.jp/

■乱丁・落丁のお問合せ先
山と溪谷社自動応答サービス　電話〇三―六八三七―五〇一八
受付時間／十時～十二時、十三時～十七時三十分（土日、祝日を除く）
■内容に関するお問合せ先
山と溪谷社　電話〇三―六七四四―一九〇〇（代表）
■書店・取次様からのお問合せ先
山と溪谷社受注センター　電話〇三―六七四四―一九一九
ファクス〇三―六七四四―一九二七

フォーマット・デザイン　岡本一宣デザイン事務所
印刷・製本　株式会社暁印刷
定価はカバーに表示してあります

Printed in Japan ISBN978-4-635-04887-3

ヤマケイ文庫の山の本

新編 単独行
新編 風雪のビヴァーク
ミニヤコンカ奇跡の生還
垂直の記憶
残された山靴
梅里雪山 十七人の友を探して
ナンガ・パルバート単独行
わが愛する山々
星と嵐 6つの北壁登行
空飛ぶ山岳救助隊
山と溪谷 田部重治選集
山なんて嫌いだった
タベイさん、頂上だよ
ドキュメント 生還
処女峰アンナプルナ
新田次郎 山の歳時記
ソロ 単独登攀者・山野井泰史
狼は帰らず
マッターホルン北壁
単独行者《アラインゲンガー》 新・加藤文太郎伝 上／下
精鋭たちの挽歌
ドキュメント 気象遭難
ドキュメント 滑落遭難
山のパンセ
山の眼玉
山からの絵本
K2に憑かれた男たち
山をたのしむ
穂高に死す
長野県警レスキュー最前線
ドキュメント 道迷い遭難
深田久弥選集 百名山紀行 上／下
穂高の月
ドキュメント 雪崩遭難
ドキュメント 単独行遭難
生と死のミニャ・コンガ
若き日の山
紀行とエッセーで読む 作家の山旅
ドキュメント 山の突然死
白神山地マタギ伝
山 大島亮吉紀行集
ビヨンド・リスク
黄色いテント
完本 山靴の音
闇冥 山岳ミステリ・アンソロジー
レスキュードッグ・ストーリーズ
定本 黒部の山賊
山棲みの記憶
安曇野のナチュラリスト 田淵行男
名作で楽しむ 上高地
どくとるマンボウ 青春の山

Yamakei Library